虹桥艺声

地域文化研究丛书 主编/刘昕 鲍海春

金安南 编著

华龄出版社

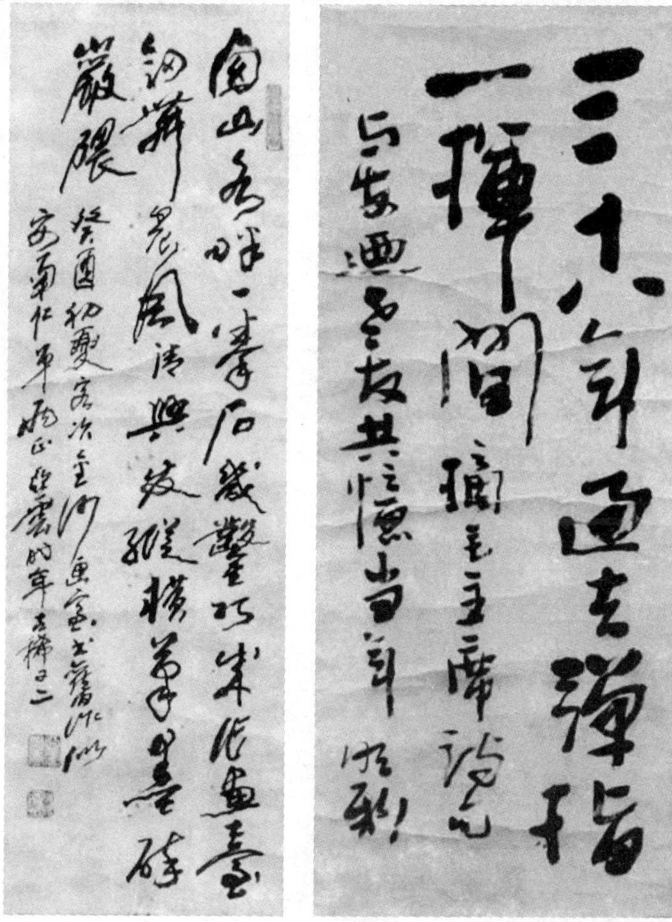

1993年春，倪亚云先生与周明心在金安南家题字

1958年暑假，九名虹中学生到杏庄画墙画　倪亚云摄

1991年春，倪亚云先生与金安南合影

2016年春，倪亚云先生偕夫人与墙画少年合影

2016年春，倪亚云先生偕夫人与学生们合影

2016年，金安南在南圹革命烈士纪念碑石雕前留影

2016年，金安南、徐竹莲夫妇在大红床前合影

虹桥戏曲爱好者在朴湖学戏
金安南摄

以诗代序（二首）

◇ 贾丹华

小序：因穷忙，无暇遵校友金兄之嘱为其新著《虹桥艺声》撰序，而学友高情难辞，却之不恭，乃匆匆打油，以博一哂耳。但愿鄙人打出的不是有毒的地沟油哦！（一笑）

雕虫小技亦可珍，虹桥闹市出才人。
谚云有艺不愁困，精致刻花遐迩闻。

盛世升平雅兴盛，著文绘画抒心声。
耕耘岁月结硕果，字里行间皆是情。

（作者贾丹华，原名贾福民，又名芜茗，浙江省文史研究馆研究员、作家。）

目 录

家国情怀

改革足迹

画坛卖艺

梨园跑腿

家园纪实

东采西访

诗词快板王

家国情怀

浙江乐清最激烈、歼敌最多的一次抗日自卫战

——虹桥守军血染东街

日军侵华，浙江温州三次沦陷，乐清屡遭摧残。民国三十三年（1944）9月9日，温州第三次沦陷；11月16日，乐清县城沦陷。日寇定县西、县城为维持区。对东乡则采取掳掠扫荡政策。县东虹桥离县城近，又系全县商业重镇，因而受害惨重。自1944年11月16日至1945年6月25日，遭日军6次侵犯。先后被杀害的平民达40余人。虹桥镇及附近村庄被抢财物410多船，约65万公斤。被烧毁的商店、民房、祠堂500余间。

1945年3月15日，日寇偷袭虹桥，虹桥守军奋起反抗，爆发了乐清最激烈、歼敌最多的抗日自卫战，成为浙南一次可歌可泣的战斗，震惊江南。

浙江“三桥”名镇虹桥，在名山雁荡南，吹响了抗日自卫的号角。

水警开会遭夜袭

1945年3月14日，浙江省外海水上警察局第二科科长李觉庵（今乐清虹桥南岳社区人），在虹桥镇南社陈瑞成大宅内（后为虹桥粮管所三仓库，现建为虹丰大酒店）召开会议。日军获悉情报，15日凌晨三时半，从两路偷袭虹桥镇。一路自乐

成、牛鼻洞来，约200余人；一路从水路来，在杏湾登陆，约300余人，为日伪军。

水路日军自东南包围陈宅，开枪击毙哨兵。李觉庵率特务队共12人，仓促应战，11人遇难。日军又枪杀陈瑞成及其长媳倪爱菊。乐清县县立中学校长赵竞南，曾任乐清县国民党党部书记，当晚因参加会议留宿陈家而遇害。尔后日军放火烧毁陈宅大屋，包围驻守东街的浙江省保安独立第七大队。

女职校前军号响

浙保第七大队大队长林松桓系临海黄岩人。当时奉命进驻虹桥镇，率第一、第三中队分驻在虹桥镇东街贞节祠（后为虹桥粮管所饲料厂）和虹桥镇中心国民学校（旧称女职学校，后为虹桥镇第一小学，今改建为文锦园大厦）。日军围袭后，他立即率部奋勇抵抗，命令号兵吹响军号，积极抗战，亲自上高楼挥旗指挥战斗，祠、校两处几乎同时响起自卫的枪声。

闻军号声，守护在女职学校巷前的第一中队第二分队长、少尉金华民，用机枪扫射来犯之敌，击毙日寇十几名，最后自己也不幸中弹，壮烈牺牲。其他官兵用机枪、步枪、手榴弹英勇抗击，歼敌数十，我方也壮烈阵亡10多人，鲜血染红了名镇名校的土地。

贞节祠旁歼敌将

下午二时许，贞节祠附近的战斗更加激烈。林松桓率领一个中队守卫贞节祠，射出一梭子弹，击毙日军一个军官，使敌人的嚣张气焰受到挫折，不再轻视敢于抵抗的浙保官兵。日军一面调兵加紧围攻贞节祠；一面派兵火烧东横街房屋。敌人挥舞太阳旗，日伪军大喊“皇军来了”，虚张声势，致使整条东街炮火连天，杀声震地。

林松桓部四面受围，仍坚持战斗。同时电告驻乐清芙蓉镇的浙保第二大队，请求从瑶岙方面增援，又派便衣前去求助，但第二大队大队长周璜按兵不动。林松桓只得命部下抢占镇安桥口、东街街口等要地，分兵把守，还击日军。日军在下午发起六次进攻，步步紧逼，疯狂扫射。浙保官兵以机枪、步枪、投手榴弹还击，双方伤亡惨重，死伤士兵遍地。

镇安桥头激战酣

当天，敌我双方越打越激烈。七大队官兵仅占东街一隅，死伤枕籍，但在林松桓的指挥下，仍奋不顾身英勇抗敌。由于日军炮火密集地对准贞节祠，林部只得据守贞节祠，在镇安桥、麦秆河一带，以石桥为掩体，手持机枪扫射敌人，配合士兵用机枪、步枪、手榴弹英勇阻击，击退敌人疯狂进攻10多次。

据当年目击者称，战斗最惨烈的阶段，林松桓指挥士兵以机枪扫射冲过镇安桥的日军。镇安桥为双板石桥。敌人发起十几次冲锋，都难过石桥一步。“日军来一毙一，来二毙二，有的掉入河中。桥上桥下桥边，倒满了敌人的尸体。”一位大胆观战的老百姓说，这些保安兵个个是血气男子汉。有些百姓就冒着炮火送上糕饼、开水慰劳他们。军民同仇敌忾，共御日寇。

相持到晚七时许，天色已黑。日军为了争斗阵地，调集大炮轰击，还大举火烧东街连片的民房商屋，顿时火光冲天。百姓遭难，老幼哭号。官兵伤亡惨重，寡不敌众，弹药将尽，又无援兵。加之虹桥地处平原，无险可守，处境极为艰难。林松桓采取“以进为退”的战略，向敌人发起猛攻，乘敌退却之机，向虹桥龙泽方向撤去。并留少数兵力殿后袭敌。第七大队当晚12时撤至南塘东山埠，16日返回临海白枫桥原防。

日军也被打得焦头烂额，尸横遍野，恐第七大队进行反包围或有援兵来到，急忙收集尸体，晚11时乘船向乐成方向撤退。这次战斗，自凌晨到深夜战斗18小时，浙保七队牺牲官兵28名，水警李觉庵部遇难11名，共计牺牲39人，平民被害13人。据目击者称，日军撤退时，用12只船运尸体。尾船装2具，其余每船运4具。由此统计，日伪被歼46名。此外，负伤20多人。装船时，还强逼居民抬运尸体至河埠头。

火海残楼铁证在

虹桥旧时有九街七巷，东街有五条名巷，是虹桥镇最繁荣、名店林立的街道。“3.15”当天日军大举烧毁东街商店、民房300余间，100多户居民流离失所，东街一日之间成为残壁颓垣，一片焦土。唯有鑫荣巷一间三层的炮台楼仍巍然屹立。

炮台楼是年近九旬的退休干部瞿维华的老屋。据他回忆，当年14岁的他正在本镇读书，由于战乱，学校暂迁龙泽。他听说日本兵来了，遁往小乌石避难。第三天回家时，见大洋房已成废墟，只有炮台楼还留着。他父亲告诉他，日本人放火烧了大洋房，由于炮台楼有一扇铁门，火苗进不去。后来大火苗吹进了炮台楼的窗户，其父和邻居搬来长梯进入窗口，用水扑火，保住了炮台楼，是日寇无恶不作的铁证。

（本文与陈友中合作，发表于温州日报2015年6月26日）

用文字为英烈立碑

6月26日《温州日报·风土版》刊登笔者的《虹桥守军血染东街》，介绍1945年3月15日在乐清虹桥爆发乐清最激烈、歼敌最多的一次抗日自卫战，重创侵华日军，歼敌46名，伤敌20余名。我方浙江省外海水警队牺牲官兵11人，浙江省保安第七大队牺牲官兵28人，共牺牲官兵39名。文章见报后，笔者觉得尚有战后状况，值得一说

虹桥战役当夜结束后，浙保第七大队深夜撤走，未能带走牺牲在虹桥东街牺牲的官兵尸体；而浙外海水警队官兵，几乎全部牺牲在虹桥南面陈宅，尸体也留在陈宅前后。当时的虹桥士绅倪吉甫、金惺史、朱承熹等人，目击日军暴行，对抗战英烈深表哀悼。据东街群众回忆，当时虹桥士绅与民众将死难烈士用船运到石埭山凹口坦布施坟处埋葬。

埋葬后，三士绅曾致信驻临海小安宫宋家的浙保第七大队大队长林松桓，告知虹桥镇为哀悼纪念抗日英烈，准备“筑墓建碑”，希望林松桓提供第七大队牺牲官兵名单。过了几天，林松桓回信，信中感谢三位先生代表虹桥镇绅民为烈士“筑墓建碑”的情意，并敬缮奉死难官兵名册一份。信中详细写清烈士姓名、职别。林大队长信中情词殷切，极尽爱国爱民的深

意。坦言抗敌御侮，本军人天职，未能保全虹桥，失责惭愧。

70年过去了，据向老人们了解并到实地勘察，死难烈士埋葬地白埭山凹口坦，已建成虹龙庙一座，下方已建成通往孙家垟山后垟的公路。有一位老人回忆建公路时，也曾挖到地下方有尸骨。

为什么虹桥绅民为烈士们筑墓建碑的愿望没有实现？因为当时日军还在乐清盘踞。据历史记载，1945年3月后日军还三次入侵虹桥。所以，当时马上为抗日烈士“筑墓建碑”根本还是个设想，难以实现。日军投降后，发生了解放战争，而虹桥镇又是兵家必争、战斗频繁的地方。“筑墓建碑”的绅民意愿也就一再搁置了。迄今，抗日英烈们尽管血染过虹桥，因年长月久，也渐渐被人们淡忘了。

今年，全世界迎来了反法西斯战争胜利七十周年。中国迎来抗日战争胜利七十周年，对一切为国家、为民族、为和平付出宝贵生命的人们，不管时代怎样变化，我们都要永远铭记他们的牺牲和奉献。虹桥绅民为烈士“筑墓建碑”的意愿未曾实现，让我感到遗憾。但是，我们可以在文字上为他们立碑，在心灵中为他们立碑，不让为国捐躯的英烈忠魂在九泉之下感到寂寞。

虹桥抗日英烈李觉庵

乐清湾畔，虹桥镇南岳垟步桥村人李觉庵，是一位抗日名警。他自幼品学兼优，毕业于海盐测量学校。青年时即投身行伍，学习军事，在陆军暂编第十五师余鼎三部担任了上尉副官。后来，他又到广州国民革命军政治工作人员训练所受训，结业后，被任命为杭州市拱宸桥警察所所长。1932年，他已40岁，又调任为上海市警察局五区二所所长。

1932年1月28日，日本海军第一遣外舰队海军陆战队数千人，在20余辆装甲车掩护下，突袭上海闸北，攻占天通庵车站和上海火车北站。国民革命军第十九路军奋起抵抗，在市区巷战数日，夺回失地。

2月7日到30日，日军又发动三次进攻，兵力增至9万人。而中国军队经苦战，兵力仅剩4万人。于3月1日被迫撤军。

在一·二八淞沪抗战中，李觉庵带领本所武警，配合第十九路军抗击日军，作战有功，深得第十九路军政治部主任陈铭枢赏识，被调任上海市闸北区警察分局局长，又升任第十九路军罗店兵站少校站长，兼吴淞炮台管理员，成为上海市军警要员。

在此期间，李觉庵著有《弹痕》一书，以日记体裁，详细记述亲历的抗日战斗历程。卷首有民国元老著名书法家于右任及王任一、洪兰友等题字。《弹痕》文笔详实，生动感人。是难得的抗战记实通讯文学作品。

1937年，日军发动全面侵略战争，11月上海被日军占领。李觉庵即调回浙江，历任临海、温岭、玉环、缙云等县警察局长、湖北水上警察训练所所长兼第一分局局长等职。任职期间，积极执行抗日，在临海、缙云都曾有抗日战斗事迹。尤其在缙云桃花岭抗击日军的战斗中，指挥镇定，重创日军，名震一时。

李警为人正派，忠肝义胆，在杏湾地方德高望重。看到地方上人们聚赌，他就禁戒劝阻。他告诉乡人，正月初玩玩，到初三就应该停。初四到田里海里去干活。如果他看到杏湾有人正月初四五还在聚赌的，就训斥他们，上前将麻将桌掀了。杏湾乡间老人传，李觉庵是“一鼠治五虎”，有些人很牛，碰到李警就服贴了。由于李警家风严正，对杏湾的乡风淳正起了很大影响。

1945年3月，浙江省保安独立第七大队林松桓部奉命进驻虹桥，浙江省外海水警局局长陈佑华兼任了乐清县县长。陈佑华就派二科科长李觉庵到虹桥协助。当时李觉庵带水警特务队12人到虹桥，曾住倪宅倪震雷家，因为倪震雷系李觉庵的同学。但因倪震雷当时被仙居土匪绑架，仍未回家，使倪家合家不安。李觉庵即带领部下住到南社陈瑞成的家中。

1945年3月15日晨三时半，日伪军分二路偷袭虹桥镇，一路自乐成牛鼻洞来约200余人，一路从杏湾登陆，约300余人，为日伪军。水路日伪军自东南包围了陈宅，开枪击毙哨兵。李觉庵率水警队身先士卒，舍身决战还击日军，终因寡不敌众，壮烈牺牲。水警队遇难11人，1人重伤。日军还枪杀陈瑞成及其长媳倪爱菊。私立乐成初级中学校长赵竞南又名赵烈，只身赴虹桥聘请老师，不幸被日军杀害。日军还放火烧毁了陈宅大屋。

两路日伪军又围攻浙保第七大队，在镇女职小学和东街贞节祠，与我军展开激战。第七大队在林松桓大队长率领下，英勇反击，激战18小时。虹桥守军血染东街，毙敌46名，伤敌20余名。浙保官兵牺牲28名。这一场乐清最激烈的抗日自卫战，是一场乐清歼敌最多的可歌可泣的战斗，可以告慰为国牺牲的死难英烈。

于今，李觉庵作为“抗日英雄”，其事迹图片贴在杏湾文化会堂墙上，被家乡人民敬仰、纪念。他的牺牲和奉献，我们都要永远铭记。

虹桥抗战老兵姚康民

——精忠报国的抗战军医

西街姚康民的经历，是一部精忠报国的传奇。

1939年，日军飞机和兵舰多次轰炸乐清翁垟等地，抗敌御侮成为当时热血青年的共同行动。17岁的姚康民，高中尚未毕业，就强烈要求从军抗日。姚父涤尘，出身书香门弟，是虹桥姚姓名门望族，鼎和酱园会计师。母亲周思源，是虹桥女学教导主任。父母深明大义，支持儿子从军抗敌。姚涤尘亲自手书唐诗从军行，王昌龄名句“黄沙百战穿金甲，不破楼兰终不还”以示鼓励。并拍下姚康民未婚妻在内的全家福照片纪念。父母又赠他80枚银元路费。

1939年末，姚康民进入中国红十字军医速成班集训半年后，就奔赴长沙战场，经历了昆仑关战役。虽然中国军队抗击日军获得胜利，但也付出惨重代价，伤亡达到百分之五十左右，姚康民经历了惨烈的战斗，救死护伤。

1942年春，姚康民随十万远征军第五军进驻缅甸重镇曼德勒。远征军打了几个胜战，但以战败撤退告终。姚康民护送伤员，平安回国。但十万远征军却有四万将士长眠异国，其中大部死于野人山的瘴气、虫兽侵害与饥寒交迫。

1943年，姚康民作为中国红十字会105医疗队队员，飞越喜马拉雅山，到达印度蓝母伽中国驻印军总部，接受美国军队专业培训、临床实习。甚至边打战、边修路、边救护。姚康民二年来全程历经收复北缅滇西等重大战役，其中全歼南京大屠杀的日寇第十八师团于松山。

1945年上半年，美军在太平洋战场反攻，在硫磺岛和冲绳岛战役中，美军伤亡近10万人。3月份，姚康民随国际红十字会医疗队奔赴硫磺岛，抢救美军负伤的空军后勤人员。由于日本“神风敢死队”的自杀式攻击，医疗队是在炮火轰鸣、炸弹激起的冲天水柱边上抢救伤员，这就是战时的“海上医院”。

1945年9月2日，日本无条件投降。一个月后，姚康民与战友们“打到东京去，在东京告别”的心愿实现了。医疗队受命到东京、广岛、长崎给日本平民提供人道主义援助，医疗在受原子弹轰炸、受飞机轰炸而受害的日本老百姓。姚康民到日本给老百姓疗伤，看到伤的都是妇女、儿童、老人。他说：他们也很苦。

抗战结束后，姚康民自日本东京乘飞机返回徐州，医疗队的行李被国民党扣留，要他们归队参加内战。姚康民参军为的是抗日，抗战胜利了，他再也不愿打仗，自相残杀。趁夜，姚康民离开徐州，空手辗转回家了。

姚康民经7年浴血抗战，父亲迎来返乡的英雄儿子，喜泪盈眶。虽然母亲仙逝了，但一家人仍筹资建医院造福乡亲。1947年春，虹桥西街三间洋房“康民医院”落成开张。此时，内战已很激烈，但作为医师，姚康民不论是国民党联防队还是共产党游击队，还是普遍百姓，他都医治。他凭着准尉军医官的身份，还搭救过几位被国民党关押的“共党嫌疑犯”。如西街金明巧1948年10月被丁昌周抓去，是姚康民与西街人联名保出来的。金明巧，是本文作者金安南的父亲。

解放后，因历次政治运动，姚康民屡受冲击。成分由小土地主划为商兼地主，被没收部分房屋，一家人又被逐出康民诊所。他因申诉又被当作“反攻复辟”。1957年至1969年枉坐13年牢。后来平反昭雪，返还诊所房屋，现在住在家里新建的楼房里。

至今，姚老接受采访时说：“比起那些牺牲在野人山异国的抗日将士，我是幸运的。”他的心中，唯有对那些为国捐躯壮烈牺牲的抗日战友的深深地怀念与思恋。

虹桥抗战老兵钱恒松

——历经战火的骡马兽医

1939年，家住虹桥东街村的钱恒松16岁时，就被抽壮丁当了兵。开始在贵州安顺，录取陆军兽医学校第19期当学生。学习毕业后，1942年就分到薛岳为司令长官的国民革命军中担任炮兵部队骡马兽医。国军10个军25万官兵与日军在新河口，激战一个月，死伤不计其数。钱恒松因是兽医，避在排水沟里才得以生存。后来，他又被分到第88军方先觉部，在炮兵团当骡马兽医。当时炮兵有三个营，有榴弹炮营、山炮营、野战炮营。在衡阳战役中，国民革命军5万人与日军激战24天，伤亡后没剩多少人，但钱恒松总算幸运未伤。钱老回忆这次战斗，几度哽咽。此后，就在钱恒松驻防昆明时，传来日本投降消息。

抗战胜利后，钱恒松跟着国民革命军在大别山、山东都驻过，最后在淮海战役中，部队被打散，他就自行回乡了。

解放后，1951年解放军第1054部队骑兵部队马匹发生流行病，钱恒松经老乡介绍，到部队服役，不久复员回乡服务。钱恒松回乡后，在乐清县城曾办兽医初级班，也算国家干部。后来运动来了，因他参加过国民革命军，1954年被批斗、迫害，失去单位。但钱老总算凭着过硬的兽医技术、良好的口碑，度过了生活的磨难与坎坷，将子女抚养成人。老人有三子五女，儿孙满堂，孝顺恭敬。九十二岁仙逝，前晚年生活是幸福的。

日本兵火烧虹桥基督教堂

缪道宽娘92岁时，对我讲了一段她对解放前的回忆。

1994年冬，我22岁，已嫁给缪岩波为妻。

由于缪岩波家里穷困，还没有自己的房屋，就暂住在虹桥田垟自然村亲戚家中。我和丈夫缪岩波信了耶稣，礼拜天都到虹桥镇东横街基督教堂去作礼拜。

听老信徒讲，虹桥东横街基督教堂是1890年，英藉牧师苏慧廉来筹建的，当时置田2.2亩，建成哥特式教堂一座，前有圣堂，后有附属楼房十间，厨房三间。是温州五县最早建成的教堂，比温州著名的城西基督教堂还早。

1938至1945年抗战期间，虹桥基督教堂已在周边下淇、垟岙、梅湾、西塘、蒲岐、南阳、上河头、柏岩、大横床、清江、上东田、霞潭、茅沿、大乌石、小乌石、龙泽等村庄都设立了分会。信徒们常聚集圣殿领圣餐，多时达到1000余人。

东横街基督教堂的执事是陈世仁，是陈加成的父亲，50多岁。陈加成当时也已18岁。陈世仁执事人真好，他管教堂，经常接济穷人。教堂礼拜日中餐都是免费的。牧师陈佰融人很和善，对贫困的人很同情，时常帮助他们，所以信众越来越多了。

1944年11月的一天，驻扎在县西的日本兵侵犯虹桥，一到虹桥就杀人放火。执事陈世仁住东横街中段，离教堂很近。那天他挂心教堂的事，正出门到教堂去。日本兵冲进东横街见满街人都逃光了，陈世仁还在街上走，就用刺刀把他刺死了，血染满地。随后日本兵就来到虹桥东横街基督教堂，放火烧了北首的十间楼房。他们还放火烧圣堂，只因圣堂四围都是砖墙，砖墙烧不着，所以，只烧毁了几个窗户。讲经台是木质的，也被烧掉了。《圣经》里讲有魔鬼，日本兵这样凶暴残忍，真是一群活生生的魔鬼。

抗战胜利后，虹桥东横街基督教堂执事由张孝年担任。面对一片废墟，大家只得忍痛重建。当时牧师陈佰融和执事张孝年就让我和缪岩波住到教堂里，做一些事工。信徒纷纷奉献金钱木料砖瓦，重新建造圣堂北面的十间楼房。先建造了一间木楼房，让我夫妻俩住。后来，又陆续建成十间楼房。又修好圣殿的窗户，重建了讲经台。总算可以做礼拜了。

自解放之后，已经太平了六十多年。虹桥东横街基督教堂，拆了旧教堂，已于2006年5月奠基，建造新堂。新教堂2008年12月落成，建筑面积4000平方米，主屋七层，很壮观很舒适。现在我们信耶稣的基督徒，可以平平安安地过信仰生活。

社会主义制度真好，祖国越来越繁荣富强了，还有谁敢来侵略我们。现在，我的儿子都有自己的新楼房住了。我也住在儿子家里。礼拜天，我都到新教堂去做礼拜，心灵很喜乐。我们教堂还被市政府宗教局评为“和谐教堂”，多么荣耀。

短枪班勇士王黄凯

乐清抗日游击司令周丕振在1944年冬作了一首《括苍战歌》。其中吟道："我本雁山人，悲歌骂倭寇。手持五尺枪，泽基举征旗。同志十三人，建立革命军。"

该诗记述的是1944年10月15日，中共乐清县委在岭底乡泽基村成立了由13人组成的乐清人民抗日武装基干队。

这支13人组成的武工队，在1945年2月25日乐清虹桥的抗日武装起义中，起了核心的作用。

据《红旗漫卷虹川》64页记载，1945年2月25日深夜，邱清华、周丕振、郑梅欣率短枪班周夏杰、潘介、黄凯、韩金辉4名队员及四都区委书记郑伦，于当日深夜动身赴河淇村，到时已是25日凌晨。

65页又记载，邱、周丕振率短枪班队员待夜间进入虹桥大同医院。

当夜中共游击队就在大同医院缴了国民党乐清县自卫大队长吴琨的枪。又令吴琨亲自写下缴枪手令，押他去缴各中队的枪。

1945年2月26日，虹桥武装抗日起义成功，宣告了乐清人民抗日游击总队和乐清县民主政权成立。周丕振任游击总队司令。

至此，乐清抗日武装由泽基的13人发展扩大到500余人。

当时的短枪班队员黄凯，其实全名为王黄凯，就住在泽基村周丕振房屋邻近。他是弹棉、僘蓑衣的手艺人。曾在永嘉住过。他1938年就参加地下革命工作，1941年11月由周丕振介绍入党。入党后跟随周丕振打游击，一直到1948年在战斗中受伤。

王黄凯参加了1945年9月28日著名的樟树臬战斗。

由乐清、永嘉党史办编的《震怒的括苍山》一书中，周丕振率永乐总队两中队，在樟树臬村奇袭浙保四团打了胜仗，歼敌一连，生俘了敌连长袁作云。文中记载周丕振决定释放他，对他说："你快回家吧，现在就回去。"说完，周丕振拿出自己的一件半新旧便衣，递给袁作云："你换上这套衣裤，穿着便衣，路上行走方便些。"说着，回过头来指着站在身旁的战士黄凯，对袁作云说："他叫黄凯，陪你出山。你们从这里往东走，到了温岭大溪，便可乘船回去。"边说边掏出几张钞票塞到袁作云手中，"这点钱给你当作路费吧！"

1947年初，面对国民党疯狂"清乡"，游击队决定隐蔽深山，在永嘉正江山碗底坪搭建茅棚，作为游击总队指挥部。王黄凯又带领运输队运来各种物资。《震怒的括苍山》书中74页记载："县委领导站在路旁的树下，接待运输队的领队周苍娒、黄凯等同志，笑盈盈地向他们致谢。"

王黄凯不仅随周丕振参加多次重大战斗，还参与很多秘密隐蔽工作。《红旗漫卷虹川》362页记载，朱祀东、朱祀旺等交通员"经常将信送往架岳山、经过茅坪、埭头、天门凹、南山、泽基交给张雪梅、周丕振、黄凯、王青等领导同志"。

上述的记载，都是乐清革命史中摘来的。还有大量的王黄凯革命事迹，湮没在历史的尘埃中。由于王黄凯在1948年茅坪战斗中负伤，他伤后只得在家中，不能继续参加游击队行动。

1948年黄凯在茅坪村听组织指示，由郑家南带队参加沙头村缴枪战斗。王黄凯第一个冲进大门，不料里面顽军射出一串子弹，王黄凯左脚中弹负伤，贯穿性创伤，骨折，走路跛行，步伐有变化。致三等甲级残废。

1948年王黄凯因伤回家，但他泽基的家已无法栖身。因泽基的房屋1945年已被国民党烧毁。只余一个空棚。妻子也因受过国民党的苦刑，已经失去。在泽基，国民党又多次追捕他。他只得在亲戚的安排下，带儿子王金源到芙蓉乡下寄居。

至1949年上半年，乐清解放了。王黄凯就定居芙蓉，做手工业谋生。1953年曾发到130元抚恤金，领到一个本县人民政府“民兵民工残废证”，留作光荣纪念。此时王黄凯儿子王金源22岁，他就将儿子送去参军，到华东军区文化干校学习。王金源在他父亲打游击时已十几岁，经常在芙蓉岭底、永嘉之间的深山里深夜走山路，为游击队传递情报，参加青训班，所以也愿意参军。在部队里担任过班长。直至1957年，王黄凯因伤病逝世，年仅46岁。

王金源现已85岁，身体还很硬朗。他讲起他的父亲，觉得自己很歉疚，作为父亲的唯一儿子，在父亲生前的最后日子里，只请假二次看望过他。父亲逝世时，也不在他身边，还在部队里，不能请假回家。

父亲逝世后，王金源1957年退伍回乡，没有正式工作。

后来从芙蓉到虹桥参加手工业社，打绳、电焊，做手艺杂活。他文化不高，也没有对父亲参加革命工作的各种记载留意。当时父亲参加革命隐姓埋名，所以，资料上都只记父亲的名“黄凯”，都没有姓氏。甚至泽基“永乐人民抗日自卫游击总队纪念馆”的石碑上，也刻为黄凯，没有王姓。

有一次，王金源与人参观纪念馆，说：“黄凯是我父亲。”别人就说：“你姓王，他怎么姓黄”？王金源觉得自己心里就常常闷着一股气，为革命流过血的父亲，“隐蔽”时隐姓埋名。现在解放已经六十七年了，书上碑上怎么连个姓氏也没有。

所以，今天告诉大家，“七十年前，虹桥武装抗日起义时，武装短枪班里有一位勇士，他姓王，还是状元王十朋的好后裔，叫王黄凯”。在《虹桥起义纪念碑》里，他就站在后面，他是默默无闻的那一位。新中国的建立，是千百万默默无闻的勇士用流血换来的。默默无闻的奉献，这就是他们的初心。

我怎样写《短枪班勇士王黄凯》

正值“公社化”时，1960年左右，我父亲参加过虹桥打绳厂。那时，王金源也参加过打绳厂。平时，他常到我家来，我当时还是个小孩子，就叫他“金源叔”。后来，我父亲回到合作商店，金源叔就分到了工艺社，此后，也常有来往。

近二年，我常在报上、网上写些文章。有一天，我正在倪宅碰到金源叔。他知道我会写写文章，金源叔就告诉我，他父亲参加过游击队短枪班的故事。我以前没听他讲过这些事，听他说起他父亲“隐姓埋名”参加革命，就觉得这故事很值得一写。于是，回家将我收藏的《雁荡峥嵘》《震怒的括苍山》还有《括苍一兵》《红旗漫卷虹川》等革命回忆书仔细查看，发现很多老同志文章中都对黄凯参加革命的事迹有所记录。而且，我也看到金源叔保存的王黄凯《民兵民工残废证》是乐清县人民政府1953年发的。还有中共乐清县委组织部，摘自1948年8月党员登记表的证明，证明王黄凯1941年入党，介绍人周丕振。

只是公开发表的名字是“黄凯”，缺了姓氏。我就拟了《短枪班勇士王黄凯》一文，主要想弥补正式书上、碑上的缺陷。我拟文过程中，金源叔及其下辈也觉得时间已过了半个多世纪，不必写了。只是我觉得应该写一写，才对得起这些为建立新中国流过血的勇士。这些勇士越是默默无闻，越值得我们敬仰、纪念。

我前些天又去鲤鱼山革命烈士纪念馆，参观纪念馆和纪念碑。有一篇介绍抗日勇士韩金辉的文章中，也详述了1944年10月15日，在乐清县岭底乡泽基村溪坑潭成立了13人的乐清县抗日武装基干队。队长周丕振，政治指导员邱清华，队员韩金辉、陈大海、陈忠、周仓婻、余洪道、余冯达、黄凯、周夏杰、周双峰、潘介、潘田波共13人枪，这是乐清在党的领导下建立的第一支抗日武装。

其中对黄凯的介绍，也缺了姓氏王姓。还有王黄凯的大量革命事迹，我们无法追述，这是年代的遗憾。写出这个故事，一靠文献、二靠前辈的回忆。

在抗日战争中，在解放战争中，有千百万勇士为新中国流血甚至牺牲。他们大多数都是默默无闻的。我们应该对他们肃然起敬！他们是只作奉献、不求回报的真英雄！

只有一代代中国人无私的奉献，才能使中国复兴！

老工匠的新创意

曾经从事过浮雕十五年，画像四十余年的老工匠金安南年已古稀，仍在家画画肖像，有空也练练笔，写点文章。最近，乐清南塘烈士纪念馆筹建革命烈士纪念碑，碑座需要六面革命事迹的石浮雕，纪念馆负责人寻求著名画家周明心帮助。周明心推荐了金安南，因为石浮雕工艺与木浮雕工艺有相通之处。金安南接受了推荐之后，多次到鲤鱼山革命纪念馆了解革命烈士英雄事迹。反复构思日夜兼程设计了《1938年鲤鱼山党支部成立》《抗日救亡》《二五减租》《国民党十二次包围》《金哲海壮烈牺牲》《烈士精神永放光芒》六幅浮雕美术图案。他的初稿出来之后，多次征求纪念馆、村双委意见，并精心修改，画出的正稿经纪念馆审阅后，已经正式被纪念馆采纳。设计稿将聘请石雕艺人在石材上加工，完成后将安放在革命烈士纪念碑底座上，供广大群众瞻仰与观赏。

老工匠怀着尊敬革命先烈的心情，接受设计任务之后，首先全面了解革命事迹。鲤鱼山是红色的革命村落之一。1938年在邱清华同志领导下，吸收6人入党，成立了中共鲤鱼山村支部。第一幅《1938》就是描述这一事迹的。

有了党的领导，抗日救亡宣传就在鲤鱼山村开展起来。女知识青年胡珩等人在禹王庙农民夜校办妇女识字班，宣传《抗日救亡》，广大群众觉悟逐步提高，爱国思想被唤醒了。

为了调动农民抗日积极性，党支部领导佃农开展“二五”减租斗争，就是早晚二季向地主少交百分之二十五租谷。通过党员带头向地主交涉，多数外地、本地地主都迫于形势压力接受减租，《二五减租》就是叙述这一场面的。

鲤鱼山的革命活动引起国民党顽固派的恐慌，国民党曾十二次包围，搜捕鲤鱼山的共产党员和革命群众，几十个党员和群众被捕及致残。牺牲党员3人，还有几位党员，战士在解放战争中牺牲，南塘地区共牺牲12位烈士。

尤其是原鲤鱼山党支部书记，当时的虹桥区委常委金哲海同志，在西塘河床中被敌人包围后，拔枪反击，最后牺牲在敌人的枪下，还被敌人砍下头颅在虹桥栏杆桥头示众，革命事迹特别动人。南塘共有12位革命烈士，鲤鱼山就有4位，他们都为革命献出了自己宝贵的生命。

烈士精神永放光芒，我们应该永远铭记他们的奉献，学习他们在抗日斗争中的爱国精神，不忘国耻。学习他们在解放斗争中的奋斗精神，永远跟着伟大的中国共产党，为建设和平和谐的社会主义新中国而努力。

在这次浮雕美术设计中，老工匠力求真实，再现当时革命斗争的场景。画面上，既展示革命烈士和群众坚强勇敢的美好品质，也对敌人进行了漫画化的描绘。歌颂了真善美，鞭挞了假恶丑，是一次老工匠新创意的尝试。

革命的本质是解放人民

我的《祖孙同访烈士纪念碑》一文在虹桥门户网音乐文学上发表后，一位网友问我，知道革命的本质是什么吗？

我愿与大家共同来讨论这个问题。

我设计的南塘革命烈士纪念碑人物《十二次包围》中，中间有一位被捆绑的人物。他的原型可以说是我的父亲。他是最普通的老百姓，他既不是国民党又不是共产党。但他1948年却被捆绑了。

图中，一方是国民党官兵3人，他们以捆绑人民、欺压人民为能事。另一方是共产党3人，随时为解救被捆绑的人民而斗争。革命的本质就是解放人民。这就是我亲身的经历，诚实的回答。至今，我也是最普通的老百姓，无党无派。

所以，改革的时代，纪念革命还是应当的。革命的“革”，和改革的“革”是彼此联系的。不过，形式上要改变，不需要处处拼“命”。而是注意采取改良、改善的方法，免得伤害了人民。

文明、和谐，才能使人民得到彻底的解放。

祖孙同访烈士纪念碑

暑假到了，在杭州浙江工商学院人文传播系读书的孙女金芝，这几天已回家度假。她在杭州读大学已经一年，个子也长高了，学识也长进了。趁着她回家度假，我就想带着她同去访问南塘革命烈士纪念碑。一为纪念先烈红色业绩，二为采访我设计的纪念碑浮雕人物，看一看石碑雕刻得怎么样，是否与我的设计图样符合。因为一个浮雕作品的优秀精美，是由设计人员与雕刻工匠配合分不开的。要画得美，还要雕得美。

7月22日上午8时许，我和金芝一同乘公共汽车，来到“红色基地”鲤鱼山村，到了鲤鱼山纪念碑广场。广场上处处精心布置，“继承先烈遗志，建设美好未来”是纪念的主题，大字塑在高墙上。抗日战争，解放战争的墙画配着文字介绍，宣传了爱国主义。还有一段墙上，写着很多革命前辈，纪念烈士的题词。广场中心耸立着几十米高的烈士纪念碑。下方呈六方形，共立了六面革命烈士事绩的人物浮雕，每面高一米，宽一点八米，每面由三块石材联成。六面浮雕如六个电视剧场景，描述了南塘鲤鱼山的革命斗争史。浮雕的六面人物设计，是著名画家周明心推荐我设计的。我在2016年3月半接受了设计任务，就边学习边设计，找了雕刻高手爱莲当助手，找了老刘当模特。又搜集了十几本抗战连环画作参改，还多次参观虹桥广场上的浮雕，半个月内设计出六幅设计图。4月初一次性得到纪念馆方面的通过和采纳，并马上交石雕工匠加工，于7月1日前安放在纪念碑下方，内容有《1938》（鲤鱼山党支部成立）、《抗日救亡》（宣传抗日办夜校）、《二五减租》（争取地主减租的斗争）、国民党对鲤鱼山的《十二次包围》、（金哲海）同志的《壮烈牺牲》（烈士精神）《永放光芒》。

由于阳光上午从东方照射来，我用平板电脑拍照时，有三幅照片拍得立体点，有三幅平淡点。我仔细就近看雕工是否精美，从整个面来看，形体雕得基本准确，体现了设计的素描意图，动态、情势可以看清。但个别人物面部外角线刻得太长，接近了耳朵，有点失真。总之，雕刻工匠水平还可以，虽然有点瑕疵，如果能将这些瑕疵修饰一下，整个浮雕的雕刻是成功的。

我和孙女金芝共同访问了纪念碑，受到了一次红色教育。也看到我设计的人物变成了实际的浮雕。这是一次愉快的、实际的“人文传播”课程教育。是大学里难得一见的活的教课。

乐清是革命老区，在雁荡山有大型烈士墓及纪念碑，因建于解放初期，所以比较简单，还没有浮雕等美术设计相配合。这次为纪念中共成立95周年和红军长征80周年，南塘革命烈士纪念碑进行了新建，也重视了艺术和美术设计，有了浮雕和题词。这是由于去年是抗日战争70周年，中央非常重视抗战斗争史的纪念，而鲤鱼山党支部是在抗日烽火中诞生的乐清最早党组织，对这些革命烈士的纪念，意义更加重大了。

我作为一个美术工作者，有机遇参加这次重大的设计工作，而且取得成功，也备感荣幸。我的家庭在旧社会受过苦难，父亲曾被国民党抓去受刑。所以对新社会十分热爱，对革命非常拥护，对爱国烈士衷心地敬仰。我的设计是发自内心的歌颂。一个美术家的任务就是歌颂真善美，而且要把歌颂真善美传承给我们的下一代。每一个人都应该来歌颂真善美，为世界上社会上的真善美献上自己的微薄之力。

硝烟那年，永远铭记

光阴如箭，打败日本侵略，取得抗战胜利，已经69周年。

乐清市老干部书画协会的老干部们，满怀深情，挥毫泼墨，以书画来纪念永乐人民抗日游击队成立70周年。参展作品110件，已先予刊印，在《丹霞书画报》24期上。我先睹为快，对老干部们爱国的赤热情怀和各具千秋的笔墨，由衷感佩。

在参展的百余件书画中，有三件人物画作品。《大刀向鬼子们的头上砍去》是周明心作的，《我们都是神枪手》是钱森森作的，《硝烟那年，永远铭记》是罗匡来作的。这三件作品，都是以人物画的形式来纪念人民抗日游击队的成立，反映了永嘉乐清人民奋起抗日，甘洒热血的火热斗争，但在技法构思，用墨用色上，又是各有特色，各有意境。

《大刀向鬼子们的头上砍去》主题突出，爱憎分明。抗战必须勇敢地拿起大刀，没有全民族的抗日武装就不可能战胜穷凶极恶的侵略者。所以，永乐人民70年前虽然赤手空拳，却奋起夺取了顽固派的武器，举行了武装起义，组织了人民抗日游击队。日本鬼子的形象被画家画得很妙，他的头脑发昏了，敢来侵略我泱泱大中华国家。他气势汹汹，腰佩军刀，手执火把，放火杀人，自以为武运长久，足可以武力占我中华，征服世界。然而，伟大的中华民族不可侮，只要人民武装起来了，我们的“大刀”就比任何敌人的“指挥刀”更有力量。中国军民有坚强的意志，刚强的力量，手握“大刀”向日寇的“头上”砍去，又稳又准又狠，日本鬼子就必然一败涂地。

周明心是乐清知名画家，他的漫象国画鞭挞“假恶丑”达到极致的高度，驰名中国画坛。这幅画又是漫象国画中一颗丰盈的硕果。

《我们都是神枪手》再现了当年抗击敌顽的战斗场面，我军2名战士正密切注视前方。青年战士目光锐利，已经搜索到敌人的动静。他手指前方，把敌人的动向向老战士汇报。老战士胸有成竹，正审时度势，分析敌我情况，决定我军的进退。这里是括苍深山，雁荡幽谷，山高林密，径曲草盛，是我游击军藏龙卧虎之地。退可以隐蔽精干，积累力量，进可以各个击破，歼灭敌顽。“这里每一寸土地都是我们的，无论谁要强占去，我们就和他拼到底！”我们中华民族，是英勇顽强前仆后继的伟大民族。画家在画面上描绘的一青年一壮年战士，也很切实地反映了当时游击队的成员组成。爱国的热血青年学生和反抗压迫，反对剥削的穷苦农民，他们是游击队的中坚力量。他们从十几个人，三四年就迅速发展为七八百人的队伍，在广大人民群众的支持下成长，在千百次战斗中壮大，在浙南抗战史上写下不朽的篇章。

画家钱森森是一位银行家，退休后勤奋地创作了不少中国画人物画、花鸟画，功夫不凡。而且在书法上也很有造诣。他还以很大精力投入市老干部书画协会，《丹霞书画报》的编辑工作，把汗水洒在一期期散发着翰墨清香的画刊上。

《硝烟那年，永远铭记》这幅屹立着一个抗战伤员的画作，令人浮想联翩。记得青年时看过一幅《狼牙山五壮士》的画作，画中抗击日寇的壮士们那顶天立地、视死如归的英雄气概，令人过目难忘，使人心中生发凛然正气。这幅画也正是这样，革命前辈们舍生忘死的大无畏精神，教育着我们，激励着我们，为实现中国梦而不惜流汗流血，决志把祖国建设得更加美丽。这幅画的黑白灰关系构图安排得十二分恰当。画面以灰色为主调，凸显了“硝烟”滚滚，战斗激烈的主题。背景远处是洋房屋顶，点明了这一伤员是在大城市抗战中的战士。无论他是怎样伤痕累累、伤迹斑斑仍紧握着枪杆，，不怕流血，不怕牺牲，决不放下武器与顽敌决战到底。光从一侧射来，虽然光还是那么微弱，但他坚信抗战必将胜利，光明必然来到，心爱的祖国一定会阳光灿烂。

画家罗匡来是位教育家，高级教师。退休后拿起画笔热心地创作书画，还担任了东南画院副院长。从这幅画中就可以看到他不仅在教育方面桃李满天下，而且在美术创作上也结出了硕果。本文是篇美术评论，想不出恰当的题目，也就借用他的画作的题目为题。愿人人都将那硝烟的岁月，永远铭记在心灵深处。愿人人都通过纪念抗日胜利，激发浓浓的爱国深情。如雁荡山大龙湫的瀑布，长流不息。

改革足迹

虹桥改革先声

二个多月前，我曾写《工业大布局》一文，大体描画了虹桥镇工业自改革开放之后到如今的发展。当中，提到虹桥镇1983年工业总产值不到半个亿，2015年工业总产值已达120多个亿。有一位工业知情人告诉我，如果将虹桥人在外的电子工业产值等包括在内，总产值已达200余亿了。我虽然无法去核实这个数字，但我相信此言不虚。因为虹桥工业人的足迹比生意人更扎实，上赴上海江苏，下到广东深圳。

据电脑里关于虹桥镇的情况介绍，虹桥镇工业以电子元器件为主导产业，已形成全国著名的精细模具加工基地。所制造的“多工位自动级进冲模”，精细程度享有世界顶尖声誉。质优价廉，价格却不到国际通行价格的十分之一。现在从事模具加工技术人员超过万人，有最先进的数控机近万台。大型工业园区已有五处：城西，城南，溪西，仙垟、城东，小微企业遍地开花。工业产品，以电子元器件为主，出口近十亿，与八十个国家有经贸往来。电子元器件生产单位有700余家，亿元产值的近十家，总产值占全国33%。由于质优价廉的优势，与上海江苏、广东深圳成三足鼎立之势。

最近中央公布全国重点镇，乐清市柳市镇，虹桥镇榜上有名。电子元器件生产功不可没。

为什么虹桥镇能在改革开放三十余年来走在前头，取得成绩？我带着这个问题去调查、去访问，就发现虹桥镇很多电子元器件企业老总，都出于无线电二厂前身电讯器材厂。而且大部份又出于电讯器材厂的模具车间。他们是一批在开放改革中敢于创新的能工巧匠，“多工位自动级进冲模”是他们创造的。模具、模具，是电子元器件之母。他们是怎样创造出世界顶尖模具，使虹桥镇电子工业腾飞的呢？

虹桥镇电子工业发展始于1969年。当时的虹桥木器社由于人数增加，产品想升级，扩大生产，想方设法改变经营。曾试着作算盘等产品，但总跳不出“手工业”生产的圈子，效益不好。后来，缪金春请来温州孙廷跃老师，他会绘图、制模，着手试制“碳膜电位器”。是配无线电收音机、电视机的一种产品，比较先进。为了试制电位器，调来徐宽金。他是乐清机械厂车床工人，懂模具。缪金春学习制碳膜，徐宽金学习制模具。俩人在孙廷跃指导下，又到上海无线电十二厂去学习。上海厂是专业制电位器的，俩人多次到上海学习。后来又派倪孟尧、倪孟巧、朱力银、薛方新、张燕兴、管宝才、计献辉、王贤朝等人去上海学习，每次3至5人，去了多次。后来又调来张三如，他是复退军人，在部队修理过无线电，电器，与电位器生产对口，会做测试。

1970年，虹桥木器社电位器试产已经成功，而且产品也销售出去。所以，木器社就分成“钢木家具厂”和“电讯器材厂”。钢木家具厂是大部分做家具的老工人，电讯器材厂是30多位参加电位器试产的中年、青年工人。

电讯器材厂分出来之后，租了东街一座老三层楼，从事

F7电位器生产。当时，由庄千云任书记兼厂长，倪加声任副书记。后来调走庄千云，倪加声任书记、厂长。徐培炎从蒲岐木器社调到电讯器材厂任会计。生产上，缪金春负责碳膜加工，徐宽金负责模具加工。老工人李安德、黄善明等人对木模比较内行，负责冲压，曾自制铜皮机，土冲床等设备。但大量模具制作还靠工人手工锤、磨、锉做出。后来，逐步增添冲床、胶木压机、仪表车床、刨床、磨床等设备。1973年，电讯器材厂购置了虹桥第一台线切割机，才使模具的精密度大大提高。电讯器材厂还从上海购进电阻测试仪。冲床也逐步增添，有8吨、10吨、15吨，最大的35吨。厂里生产走上正轨。

电讯器材厂从1970年到1974年是初创期。电子工业生产从半手工半机械生产逐步向机械化生产发展。原来的手工业工人通过学习、提高、创新、转变为电子工业工人，掌握了各种新型机械。另方面也调集了文化水平较高，有新科技知识的技术人材。所以，电子产品的品种也增加了，质量也提高了，生产规模和销售规模也迅速扩大。据统计，电讯器材厂工人总数，已从1970年的30余人，到1976年增至396人，产值达到300多万。

1980年—1982年，电讯器材厂在国道线南建成新厂房。此后改名为"乐清无线电二厂"。搬迁至新厂房后，厂房扩大，厂里工人倍增，分设各科、各车间。李安德任技术科科长，徐培炎任财务科长。车间有模具、冲模、碳膜、装搭、检测等，设立车间主任及班组长，建立了现代工业管理制度。电位器产品已发展成为多品种的电子产品，用于电视、电脑、手机配套。

乐清无线电二厂，20世纪80年代初期已成为虹桥集体工业的支柱。工业产值、工业档次、工业利润、职工收入都是最好的企业。

自1984年开始，温州地区的民营、私营企业兴起。尤其是1994年柳市电器私营企业正泰、德力西出名后，无线电二厂里的骨干们就纷纷出去自办企业，自立门户了。到2000年之后，无线电二厂这个虹桥电子工业企业的“模子”也就结束了他的历史使命。

因为有了“虹桥电讯器材厂—乐清无线电二厂”这个“大模子”，才会生出虹桥现在大大小小700家电子元器件企业。有了电讯器材厂30多位能工巧匠，探索、试产碳膜电位器的辛勤劳苦，才会有今日虹桥电子元器件700家企业的欣欣向荣！

我1979年插队回城，被安排在集体企业“乐清制革厂”，就成为集体企业职工。我此后又被抽调成为工作队员，办事处临时办事人员，所以对集体企业有所接触和了解。我与无线电二厂的人，比较熟悉。有的是我的领导，也有我的同学，我的朋友。所以，对他们在虹桥改革中的经历，比较知情。四十多年过去了，在文化大革命时期，他们就为虹桥的改革作出了贡献，唱出了虹桥改革的先声，实在是不简单。他们中的一些人，有的已年愈古稀，颐养天年。有的则还老当益壮，仍旧在操持实业。他们的下一代，已成为虹桥电子工业的中坚。

虹桥今天之所以变得那么美，我们不要忘记这些扮美虹桥的能工巧匠们！愿他们的“工匠精神”在虹桥代代相传！

拓街建路记

1984年，国家正进入开放改革。当时温州地区出现了农民创建龙港新镇的典型，成为各地学习榜样。虹桥镇经过调整领导班子，调来几位新的领导，他们也怀着建设虹桥镇的热情，走马上任。

我1979年下乡回城后，工作被安排在乐清制革厂，但几年来未去工厂上班，即被二轻办事处借调，成为办事处人员、工作队队员，一直从事行政文秘工作。1984年又被镇政府借调，负责城镇总体规划调查工作。主要是我会写写拟拟，被镇政府领导选中。当时，镇政府与制革厂约定，借调我二年，工资也由镇政府支出。

让我负责总体规划调查，能为建设虹桥尽点力，我也喜欢这个工作，于是就接受了借调，到镇府上班。那一年正好40岁，年富力强，精力充沛，一心投入新的工作。总体规划工作由县建委指导，县里派了方千里老师来虹桥指导我的具体工作。

通过对虹桥街巷市场的调查，虹桥几条老街仅宽3~4米，几个市场仅摆在道坦上。我们认为虹桥镇名气大，集市大，但小街小巷小市场，限制了虹桥的发展，要发展必须拓街建路扩市场。

老街要拓宽，新路需扩建。为了区分就决定把已有的街称为街，如东街、西街、新市街、集贤街、文星街。新建的一律称为路，如振兴路、新丰路、育红路、通湖路、梅隆路、兴隆路、金沙路、虹杏路、虹河东路、虹河西路、镇小路、通仙路、新凯路、东垟路等新路，大都是1984年规划，分别于1985年1987年陆续建成的。

当时拓街建路，采取镇政府规划、县建委批准、拓街拆屋给屋基，新建道路集资建房的方针和办法。为了拆开金宅老屋建成育红路，将金宅被拆户安排新凯路店面屋基。为了拆除虹河东路口老屋，将被拆户安排新丰路店面屋基。原来住老屋屋角的群众，得到一间新街路店面屋基，他最终认为自己没有吃亏。很多新路建设，我们鼓励“集资建房”，汇集建路资金。振兴路自南至北1400米长的路，两边可建几千间屋，建路资金哪里来？只要有十人，即可“集资建房”。即每户出2000元，十户出2万元交给村里，就可以批给每户一间屋基。路由村里做，屋基正式由镇里上报县里批准建房。当时缺屋的职工居民很多，纷纷参加“集资建房”。镇里迅速上报批准。新路迅速形成，群众的几千间店面新屋也逐步建成。自1984至1986年间，虹桥的新路建成长度超过老街的长度几倍。且新路的宽度都比较宽，达到8~24米，因为经过规划和管理，保证了新路的宽度。

记得当时我们建育红路时，宽度定为18米。新电影院就根据这个宽度建了北面的围墙。但一些群众认为街路太宽，田都给做路了很心痛，就运来石头在电影院北面垫起好几米的屋基。我们当时向县建委汇报，县里就派人来拆了这些地基石头，保证了育红路的宽度。现在有些虹桥人谈起虹桥的街路来，都说虹桥的街路规划得太窄了，都比不上柯桥、路桥、椒江的道路。现在人的眼光真是开阔了，心胸也开阔了。

经过二年的规划，1985年10月24日，终于制订出正式的《乐清县虹桥镇总体规划》。上报县政府后，县人民政府12月7日发文批复。二年来，边规划、边拓街、边建路、边扩大市场，终于初步改变了小街小路的局面，走出了改革的新步伐。

乐清县虹桥镇人民政府在1986年1月出版了《虹桥镇总体规划》说明书。书中39页《参加编制本规划工作技术人员》5人中，也列入我的名字。在虹桥镇第一本《虹桥镇志》中，对1985年至1988年的建造新路，也有详细的记载。此时，镇政府借调我到镇政府工作的约定期二年已到期，我就按时返回厂里。1986年厂里派我到宁夏去，那里有一个制革厂，财会工作需要人去担任，我就北上了。

现在回顾，我很欣慰。在改革初始时，我曾为虹桥镇的拓街建路出过力，我傍晚散步时，在老街上漫步，也到新路上溜达。古镇的老街新路，条条都是很美的。

拆迁发财记

接着《拓街建路记》，我继续写写虹桥改革中的一些故事、趣闻。

1984年，虹桥镇被小街小巷小市场的环境束缚，限制了改革的发展步伐。尤其是急切需要几条自东至西的通道。镇里几个搞规划的动脑筋想对策，出点子。怎么才能打通呢？

首先，从东街往西通，跨过栏杆桥，我们支持二村群众自发拓开民意路。这里原来只一条单米巷弄，一座老屋有前后道坦。前后群众几十户要求自筹建路，由栏杆桥通往二村菜市场，我们马上报建委批准，群众随即自拆老屋，建成六米宽民意路。现在户户都开了店，发财了。虽路不宽，终算通了。群众自筹建路，还上了《温州日报》，被媒体表扬。

其次，自西横街往东通，一过老的文星桥就被一大片老屋顶住了。但老文星桥南面有一条“颜广丰巷弄”，有颜姓人家13户住北面，不到3米宽。巷弄南首是金宅大屋。住着几十户居民。走过颜广丰巷弄，就到了虹桥小学，前面是小河和农田，完全可以建大路。当时镇里就决定将文星桥向南面移到这个口上，文星桥已建成。1984年，又决定将颜广丰巷弄南首金宅大屋拆了一大半，建成18米宽的大路，取名育红路，可以一直通到东垟，使虹桥小学有个通畅的环境。新丰路南首接近国道线规划了一条“新凯路”，用最佳地段安置金宅被拆居民。原计划“新凯路”宽9米，后来增至12米。这里的规划真是“一箭双雕”，既拓宽了育红路的开口，建成了育红路。又安置了金宅被拆居民，建成了新凯路。拆迁、折迁，这里的居民皆大喜欢，育红路口原来的颜广丰巷弄居民家家都有了店面，户户都做生意赚了钱。有的人店越开越大，生意越做越红火。金宅搬到新凯路的居民，人人都造了最漂亮的新屋。店面租金是虹桥最高的。有一天我到新凯路散步，问问租金几何？答曰：一间都在两只手以上了！有些人家，光靠租金就能美美地过上小康生活了。这些都是开放改革带来的好处，也是你东街村居民地皮活呀！新凯路居民，屋价就值几百万了。有的人都成了几千万家财的大富翁了。

天时、地利、人和！拆迁！拆迁！拆迁使很多东街人发了财。我这里再一次恭喜您拆迁发财了！恭喜发财。

拆迁！拆迁！拆迁这个喜讯，虹桥人最喜欢！巴不得你镇领导天天研究让我老屋拆迁！你通知我老屋拆迁，我必定发财，财富增添！老百姓富裕了，水涨船高，国家就更富强！

漫步珠宝街

七十年光阴流淌，都在西横街上漫过。从童年到古稀，都生活在这里。

但千年古街，我还未用脚步丈量过。今天，大发雅兴，下午睡足午休，从金沙路走起，点数走上西横街。从西向东走，默默念数。念到一百，用手指掐一下。一直走到东头虹河边栏杆，刚好数到五百步。我的步子不大，不过50公分多，500步大约不到300米。

这300米的西横街啊，历经了多少岁月的沧桑。

解放前，西横街是千年古镇，虹桥镇最古老的街。街宽不过四米，是石板路，东头起于虹河上的文星桥，过了文星桥，对岸是文星街。文星桥下，虹河源自淡溪，流向蒲岐。距文星桥南边百多米的虹河当中，造了一个文星阁，所以靠虹河的街，就叫文星街，桥就叫文星桥。

西横街虽是虹桥的老街，解放前东边的店面开了些百杂小店。西边是几座老屋，廖廖无几几间店，还有很多是农田。西边的河是金沙河，架在金沙河上的桥板还是几条石板。虹桥解放前的商业中心是东横街，那些大店都集中在东横街栏杆桥边。

直至解放后，拆了镇武街，公社化拆宽了新市街。西横街才逐步热闹发展起来。1984年，虹桥镇第一次总体规划时，决定东横街、西横街两条老街店面重建时，各向后退二米，使街面从四米拓宽到八米。这时，由于东街村发展重点向东向南，新建育红路、新丰路、新凯路，东横街还是老样子。但是西街村受田地限制无地方扩建，于是西横街居民一致决定店面各退后3米，拓至10米，重整西横街，振兴西横街。那时的退屋拓宽，是从东首十几户人家开始的。是一班妇女半片天，商量排阵，协商拆屋。为了做好邻居、家属工作，我当时也被邀参加她们的协商，以老邻舍身份，参与协调。一户二兄弟人家，拆建中首先妥善安置好年迈的上辈，才顺利拆建。我为上下辈之间拟了一个协议书，协议中保证了老人的权益，使他们安心，支持拆屋拓街。

经过20世纪80年代的街店重建，西横街大部份店面已建成四到六层钢筋水泥楼房。30年改革中的发展，已逐步形成虹桥名镇上一条主营金银珠宝的商业街，日益繁华。我用脚步从西到东丈量了西横街，又返东向西统计了西横街上的珠宝店，并将店名都记下来。

自东至西北面的店有，金盟珠宝、利百加珠宝、金万年珠宝、中国黄金、周六福珠宝、金泰珠宝、雅福珠宝、东方珠宝、银时代。

自东至西南面的店有，金星银饰店、金大福珠宝、王妃珠宝、潮人珠宝、祥福珠宝、鹏琴珠宝、打金店。

这十六家金银珠宝店虽然大小不一，但已形成一个群体，颇具规模。虹桥西横街就是金银珠宝街。这样一个概念已在乐清市北群众中形成、扎根。一踏上西横街，就会感受到满街的珠光宝气，流金溢彩。置身在这些摆满金银珠宝的环境中，你也就会产生富贵吉祥满溢，财源滚滚而来的臆想。在这珠宝街上倘佯、欣赏、品味、观摩，感觉是很愉快、喜悦、兴奋的。

70年过去了，一条古老、狭窄、穷乏的老街变新、变宽、变富，我们这些人是历史的见证人。古街变富了，古镇富裕了，古国富强了。

我漫步在珠宝街上，回忆起过去在街上经历过的苦难，在街上曾经过的贫穷，也记住在街上进行过的拼搏、努力。想到今天的小康生活，比满街的金银珠宝更宝贵，更值得珍惜，更应该慢慢地品味。

建设大手笔

1984年6月18日虹桥镇第八届人民代表大会第一次会议召开，镇府一些文件我参与起草。主要是决议正式制订《虹桥镇总体规划》。决议后镇府又组织了专门工作班子。由上半年借调的我一个人增加到招收五个合同工，专门进行规划调查、管理。规划初稿虽在1985年拟出，1984年下半年，已边规划、边管理、边建设。在道路开拓、新建之外，其他建设也全面铺开。在虹桥镇建设方面，开放改革带来了1984年至1988年的建设大手笔。

市场建设大手笔

1984年下半年起，在四村、八村开辟14500平方米的木材市场，在一村开辟农贸市场，主营粮食饲料家畜等农副产品；在七村设立水果市场，在田垟村北开辟畜牧市场。

1988年，西街建成综合市场，现名综合商城，东街建成小商品市场，现名商贸城。西街菜场扩建，东街后来再建新菜场。

这些市场的建成，改变了虹桥镇过去满街摆摊、堆货、交通拥堵的状况，大大改善了镇容镇貌。

文化建设大手笔

此前，文化建设在虹桥镇几乎没有，只有个小文化站和大会堂。1984年起，虹桥电影院建成，虹桥区文化站新厦1986年建成。虹桥大广场此后也建成，电视差转台建成，三村还建成游乐园，当时，已算为大手笔了。

随着形势发展，回顾头来，虹桥镇文化建设跟不上时代发展，实在还很差劲。当时规划里承诺的虹桥剧院、儿童乐园都没有建成。我们的商会艺术团和很多文艺业余演出，至今还无一个像样的演出场院。商会艺术团在溪西一位企业家的公司里办着。越剧迷们的越剧名段在乡下排练。柳市已建了一个很大的文化中心，很气派。乐成的市民文化中心更好。不知虹桥何日能有此文化中心，我们盼望着。我是一个文艺爱好者，切盼切盼。

教育卫生建设大手笔

1984年开始的规划，对教育建设是足够重视的。群众集资在振兴路西建成振兴小学，现在为虹桥第三小学。当时马上建设，规模为5亩，适应了周边学生的需要。远规划为20亩，至今已陆续建起一幢幢教学楼，30余年了，还不是很拥挤。七村建成虹桥镇职业学校，虹桥镇中学，幼儿园的建设，当时也已列入规划，后来陆续建成一批民办幼儿园。

原来的区医院办在七村一座老卫生院里。1984年规划将区卫生院建在育红路北向。1988年住院部顺利落成，规模比原来扩大了好几倍。现在随着社会老龄化，卫生医疗事业需求增长迅速。当时认为区医院已是大手笔了，现在回顾，规模也小了。现在新建的“乐清市第二人民医院”，建在七村，规模很大，设备齐整，大大提高了医疗服务水平。真是大手笔了。同样，当时建在七村的职业学校，后来也新建到河深桥南边去了。

愿过去成为小手笔

我写了几篇回忆三十几年前搞规划的文章，网友的回复中，有说那时的规划是好的，有说虹桥还很差劲的。我认为网友的评论都是中肯的。

现在政府对规划很重视，不仅镇府设立了正式的规划所，而且编有正式的《虹桥镇规划图》，再也不是过去搞规划的局面了。过去用我这个借调人员搞规划，文化不过高中。几位合同工，大致也是高中程度。现在规划所中，肯定一色是大学毕业生，还会是规划专业系的。过去我们是游击队，现在已经组建成正规军。我愿把过去的“大手笔”都看作小手笔，现在正深入改革，全面改革，大手笔正全面展开，古镇虹桥必然会建设得更加美丽，成为最美最美的一幅图画，光辉灿烂的一颗东海明珠。

你、我、他，大家都为建设美丽虹桥加把劲。

工业大布局

30多年前的虹桥镇，还是一个范围很小的古老虹桥镇。看看1983年虹桥镇的现状图吧！镇区只一平方公里。五权、南阳、东联、西联四个乡尚未并入。虹桥镇的最大特色是集市，是商业。所以，第一个总体规划，首先着眼于解开小街小路小市场的困局，着力于拓街建路，开辟大市场。

但我们规划时，对工业的布局，已经认识到重要性。

总体规划中写道：城镇发展的最大生命力在于工业，工业发展才能带动其他各项事业的发展。当时我们的眼光还是远的。

那时的虹桥工业现状，1983年工业总产值不到4000万元，国营、县集体、镇村集体企业有罐头厂、酿造厂、味精厂、电讯器材厂、制革厂、塑料厂、胶丸厂、缝纫机厂、仪表厂、蓄电池厂等。这些工厂部份存在着污染问题，且分散在各村之中。工业结构档次不高，属于食品工业、机械工业、日用品工业等。电子工业尚在孕育之中。

所以，虹桥镇第一个总体规划安排东西、西二个大块和国道南三个工业园区，也算是个大布局了。但现在来看，当时的大布局实在太小了。因为虹桥镇面积小，实在难以有大布局。

在此后的实践中，工业园区变动较大，国道线南建成无线电二厂、皮件厂等县集体厂。后来镇西工业区安排了民营企业。如合兴、松成、爱登豪等厂，都是初建于镇西工业区，从这里起步的。虽然局面小点，毕竟使民营企业有了一个起步的基础。特别是虹桥的民营电子企业，得到了用地，有了与国营集体企业同等的待遇。这是改革开放政策带来的喜讯，是虹桥民营电子工业带来腾飞的大好时机。

后来，由于虹桥镇撤并了五权、西联、东联、南阳四个乡，土地面积扩大了，小虹桥变成了大虹桥。工业企业园区就设到了溪西。很多工业企业扩建了厂房，迅速发展。现在虹桥镇工业园区，不仅有镇西园区，溪西园区，而且加上镇东合兴、镇东信岙、镇东龙泽（新的）等三个园区。可以让虹桥镇工业企业大展宏图，真是个大布局了。举个例子，合兴集团在1999年前，只有镇西工业园区5亩厂房，产值仅8000万元。溪西工业园区开辟后，合兴集团扩建了厂房，增加了工人，产值达到2.8个亿元。2012年搬到镇东工业园区，经过几年的发展，产值增至12.8亿元。合兴集团可贵在，虽然发展中有些阻碍困难，但肯耐心克服，使企业始终坚持在虹桥发展。但愿在虹桥的每一个企业，都像合兴集团一样腾飞吧！

虹桥虹桥，桥是红的。厂办虹桥，越办越红。有老话讲：虹桥街，石板活啊！栏杆桥，桥板红啊！你厂办在虹桥，又活又红啊！所以虹桥人办厂，比别地人诚实、稳当，电子工业的发展，是一帆风顺，没有跌过大跤。

由于虹桥镇致力于拓展工业园区，使工业布局越来越多，越来越大，就留住了大部份发展中的各类工业企业。所以，虹桥镇工业强镇发展势头越来越强劲。最近中央公布全国重点镇，乐清市柳市镇、虹桥镇榜上有名。这令我们虹桥人很自豪，中央看得起虹桥镇，我们虹桥镇人要更加努力呀！把所有工业企业越办越红火。

我们虹桥镇1983年工业总产值不到半个亿元，去年工业总产值已经达到120多亿元，这样的价值让你种田怎么种得起。

靠种田、靠商业、靠集市，这是虹桥人过去走过的路。但30多年来，改革开放的经验告诉我们，要靠发展工业，才能继续使虹桥变富变强。要在工业上有个更大的布局！

讲到工业大布局，一般就讲发展工业，要让工厂有个大的地盘，因为虹桥曾有几个工厂批不到大的地盘，而迁到外地去了。地盘是重要的。工业大布局，政府要千方百计地规划出足够的地盘来布局工业，满足工厂扩大生产的需求。村民也要支持，要有大局观念，抛弃小农意识。溪西为什么大变样，就因工业大布局到了溪西。龙泽现在接受工业大布局也不迟，早布局，早发展。

工业大布局要天时、地利、人和。天时：改革正深入；地利：地盘大了；人也要和。办工业，人要有工匠精神。虹桥改革30年之前走在先头，我看是有了一批敢于创新的能工巧匠。我准备把这些人写一写，正在采访之中，拟题为“虹桥改革先声”。我将陆续写出文章，讲讲他们的故事。

规划鉴定记

虹桥镇是浙南名镇，我很荣幸参加了第一个总体规划的调查、拟订、审报工作过程，最后还参加了总体规划的技术鉴定会。那是1985年11月12日，会议在西街的虹桥镇招待所会议室举行。在会议召开前，我已把《虹桥镇总体规划图》绘好，也用美术字把会场标语写好。由于我二年来具体参加规划工作的全过程，所以镇里决定由我介绍《虹桥镇总体规划》。

参加《虹桥镇总体规划》技术鉴定的代表有乐清县的副县长、县府、县建委、温州市规划处的负责干部，还有各部门、区、镇负责干部共50余人参加。他们在听取我的介绍后，提了一些宝贵意见，签署了《虹桥镇总体规划》技术鉴定意见，最后，还集体合影留念。

我对参加规划的机遇十二分珍惜，所以在我的相册里还珍藏着参加规划鉴定会的二张照片。一张是我正在向代表们介绍《虹桥镇总体规划》。另一张合影中，第三排穿淡黄色衣服的是我。我右边第三人是戴眼镜的方千里老师，他具体而细致地指导了我二年来的工作，对虹桥镇总体规划的调查和制订付出了很多心血。他是一位退休教师，博学而和善。他教会我如何进行规划调查。我俩一块常坐在主要街口，点记入街人数。这种“人流量”的调查可以成为确定街道宽度的依据。他又教我怎样编制、填写各种调查表格。说明今后这些表格给领导上看，可以成为他们决策的基础。我体会到，这二年，我是上大专院校里的“规划统计学”专科，方千里老师就是我的教授。技术鉴定会后，我也在这所大学里毕业了。再见了，敬爱的教授！

世事洞明皆学问，这句话是不错的。有人常对我讲，你在镇政府里做了二年规划，怎么什么都没有得到啊。我就可以回答，我得到的就是：做规划的学问。这是最最宝贵的，这比大街上房租最贵的店面更宝贵。不论是一个集镇，还是一段人生，做好规划都是件大事。

因为，历史会对你的规划作出鉴定。

同胞评改革

顷接友人微信题曰《一台湾人谈大陆汉字改革》。

阅读之后，觉得此短文含意深刻，的确语惊四座，值得反思！

此文虽从“汉字改革”谈起，着眼字句。实质总评大陆60余年来的革命、建设、改革，细细品味，其批评是金玉良言，值得大陆同胞借鉴警醒！

汉字改革简化，也伴随着中国的改革和发展，一路走来60余年了。文字是文化、经济的工具，文字改革是必要的。但是文字改革的目的是推动文化和经济的发展，知识道德素养的提高。该文即是从这个角度来评“改革”。

该文上半段十二点评

一、亲不见。大陆和台湾人民本是兄弟、亲人，为什么60年来“不见”。直至2015年11月7日，习近平与马英九到新加坡去握手见面，才畅述兄弟亲情。也不知何日能在自己的国土上见面，再叙亲情。

二、爱无心。中华民族历史5000年，孔孟皆倡导“仁爱”。

但数千年来，民族的交织，恨多爱少。70年前，兄弟阋墙，内战不息，人民受苦，造成外敌乘机入侵。

还好，今日认识到，兄弟打断骨还连着筋，还算不迟！

三到六、产不生，厂空空，面无麦，运无车……这些状况皆云“文化大革命”等运动妨碍了生产和经济发展，教训殊深。

七、导无道，指“极左”的领导，大搞各项运动，离开了正确的道路。

八、儿无首，讽刺儿女对父母的孝敬差劲了。

九、飞单翼，说中华的腾飞应该全面平衡，经济的发展应该计划经济、市场经济一齐上。否则就会阻碍发展。

十、有云无雨，是否指雾霾难治？

十一、开关无门，是否指依法治国的缺乏正法、良规，治国治党开关失度？

十二、乡里无郎，是否指农村青年流失，农村凋零？尚待诸位共同品味探讨。

可巧的是，九个方面：魔还是魔，鬼还是鬼，偷还是偷，骗还是骗，贪还是贪，毒还是毒，黑还是黑，赌还是赌，贼还是贼。这九个方面很明显指社会的黑暗面还未得到很好转化。人们的道德素养尚未提高。“依法治国，以德治国”尚待深化。

透过反腐败斗争，我们普通老百姓看到了现实的官场现形记：中央与省部高官中贪官污吏那么多！虽然打出了一批大老虎，但这是党领导人民打出来的，所以，以习书记为核心的中国共产党，党是伟大的。

我对《台湾人谈大陆汉字改革》这篇文章的理解不是很正确，是否有点牵强附会，乱猜瞎编？在此抛砖引玉，恳请批评指正。

【链接】

台湾人谈大陆汉字改革

语惊四座：汉字简化后，亲不见，爱无心，产不生，厂空空，面无麦，运无车，导无道，儿无首，飞单翼，有云无雨，开关无门，乡里无郎。

可巧的是：魔仍是魔，鬼还是鬼，偷还是偷，骗还是骗，贪还是贪，毒还是毒，黑还是黑，赌还是赌，贼还是贼。

非常经典，值得反思！

物质过剩，精神缺乏

2016年9月3日，杭州举行20国工商峰会（G20峰会），习近平在开幕式上讲：中国重工业产能过剩，粗钢过剩，煤炭过剩。中国经济发展不少领域大而不强，大而不优。中国发展正面临着动力转换、方式转变、结构调整的繁重任务。

习近平主席的讲话非常务实，中国虽大，生产发展虽快，但不强不优是个隐患。现在产能，粗钢过剩，煤炭过剩，还有很多物质可能也过剩了。

我们作为普通老百姓，很有一些实际的切身体会。衣服也过剩了，不仅家里衣服很多，出门穿哪件还得挑一挑。满街、满商场的服装，打折都难推销出去。肉类也过剩了吧！过去逢节才吃肉，现在天天吃肉，都吃厌了。猪肉、牛肉、羊肉、鸡肉、鸭肉、鸽子肉……很多人都吃出了“三高”了。粮食也过剩了，大米、面粉、玉米、小米……从细粮到粗粮。米要吃泰国贡米了，或东北香米了。小轿车也过剩了，满街都是停车场了。再过剩下去，虹桥再设十几个停车场，再重新规划，“拓街建路”几十条也停不下了！现在报纸上、网络上，天天有车祸的坏消息。这个地上、天上的媒体怎么都变了。连坏新闻都过剩了！我去年剪报集上，有一集是《汽车是老虎》。也已认识到小车的过剩和危险了。上面剪来的车祸讯息，死伤不少。车祸天天有，也懒于再去剪报了。

由于钢筋、水泥都过剩了，建筑公司可能也过剩了。城乡大造商品房，弄得商品房也过剩了。商品房像搭积木一样，拔地而起，拼命推销。国家还补贴，但大量的商品房无人购买。有的房子只有骨架，放在那儿好几年了。这是我乘车时看到的，很多很多，空荡荡的。

我走在路上，看到电线柱上，墙头贴着很多《这里借钱很快》的广告，还不用担保，利息很低。我一忖，怎么人民币也过剩了！人民币过剩的事实早已存在，现在家财百万、千万、亿万、几十亿万的很多了。有的是合法致富，但不少人非法致富。经商是奸商，做官是贪官，大明星大赚钱，“网红”们大刮钱。过剩的人民币把自己一个个送进了牢房。制造了大量丑闻，弄得丑闻也过剩了。

过剩、过剩，过剩的是物质！

小时侯上学，老师就教过我们，共产主义社会是物质财富和精神财富都极大丰富的社会。社会主义是共产主义的初级阶段。走社会主义道路，是物质和精神都会富起来的。

但现在，物质财富过剩了，精神的财富在哪里？

社会文明了吗？和谐了吗？诚信了吗？友善了吗？

文明、和谐、诚信、友善这些精神财富有一些，但实在是太缺乏了！

在物质过剩的情况下，闲散的人越来越多。老龄化社会已经来到，老人越来越多，很多中年人也无事可做。青年就业也很难，很多大学生毕业就是失业。因为减少物质的生产必然停办一些企业，加上生产设备越自动化，招收工人就越少，导至失业更多。闲了的人们在做什么？“阅读之城”乐清，究竟阅读者占人口的比例多少？请政府也做点调查吧。

改革开放30多年，抓物质财富的增加，没错。到现在认识到转变也不迟。但怎样变？是到了抓精神财富增加的时候了！是到了抓精神文明建设的时候了。

增加精神财富，首先是自己的事。人要自爱，不甘堕落，精神境界才能高。人要自学有理想、有学识，才有节气。自爱自学的人越来越多，整个社会的精神财富就会越来越丰富。当然，精神财富的增加，离不开政府的导向，因为政府掌握了一切资源。政府可以把预算用来多办一些建设项目，用于增加旅游点，也可以用来造文化设施。政府可以用预算奖励写作创作各种优秀作品的艺术家、作家、诗人、画家、导演、演员……也可以用预算来举办各样的庆祝大会。等等、等等。

我是虹桥人，就讲点虹桥精神财富急需增加的事。谈点心中的愿景。

30年前，曾经规划过的儿童乐园该建起来，一来增加工作人员，使青年大学生能就业，也替虹桥的少年儿童营造个快乐的乐园。

30年前，曾经规划过的剧院该建起来，让我们的外来剧团、商会艺术团和业余越迷、歌迷、舞迷、音乐迷有个表演的院址，也让我们虹桥居民，有个欣赏高雅艺术的场所。虹桥镇一些大型会议，也可有个召开的地方。

我们虹桥历史名人，近现代名人名士不少。在文化传承中，是大有文化舞台可展演的。有了个剧院，可以举办《王十朋诗歌朗诵》四都梅溪人，《翁卷诗歌朗诵》淡溪埭头人，《刘黻诗歌朗诵》石帆郭路人，《朱谏诗歌朗诵》瑶岙人，

《侯一元诗歌朗诵》蒲岐侯宅人。

近现代还有陈梦熊、吴鹭山、胡景韩、朱镜宙、张云雷、贾丹华、许宗斌、刘文起、陈友中等诗人作家，皆是虹桥天庭上熠熠发光的文星。将这些文星的作品在舞台上朗诵展演，将给虹桥镇人民增添更多的精神财富。可惜！君不见文星个个天际照，我等因何看不见?

30年前建造的虹桥电影院难道不能恢复吗？老年宫也该建立一个吧！以上想法，只是个人的愿景，其实隔壁有样，我们虹桥镇能像柳市镇那样建一个文化中心，就能使我们虹桥群众增添点精神财富了!

物质过剩了，省着用。精神缺乏了，自己多学点，人得有精、气、神。

画坛卖艺

《两个羊羔》和周昌谷

1955年，中国画《两个羊羔》在第五届世界青年学生和平友谊联欢节上，获得了金质奖章。作者是青年画家周昌谷，当时年正26岁，是中央美术学院助教。《两个羊羔》是他25岁到甘南藏区深入生活，搜集素材，创作出的画作之一。这幅名画现在珍存在北京中国艺术馆内。乐清市中心公园周昌谷艺术馆内有高精度仿印件。

这幅著名的画作之所以成为名画，获得国际金奖，并不是偶然的。因为它在各方面都是很美的，大家来评奖，当然把金奖评给最美的画了。

首先，它的题材上选得很美。联欢节，是为了世界青年学生们的和平友谊而联欢。所以，美的艺术作品应该是歌颂和平友谊的。《两个羊羔》就是这样的，它画了一个藏族女孩，用关爱的眼光注视着一对小羊羔。而一黑一白的一对小羊羔，则紧紧地温馨地互相依偎在一起，有牧羊女的呵护、亲近，它俩是无忧无虑的。牧场上的一切，是宁静、安祥的。不远处大群的羊在牧场上安静地吃草。这里是牧场的一角，牧羊女孩特地来关切这一对幼少的羊羔。整个世界如果都像这个牧场一样和平、安宁，那该多好啊！

牧羊的藏族女孩，她是何等美丽！不仅外表很美丽，而且心灵更美好。她在牧场上，最关切的是最幼稚、最软弱、最无助的一对小羊羔。虽然她嘴含一株小草，还脱不了女孩的稚气，可眼光却目不转睛地注视着两只小羊的一举一动，生怕这两只小羊有什么闪失。她微笑着，认定自己的责任就是服侍小羊。只要小羊平安祥和地吃着青草，她就满足、喜乐。世界名画《蒙娜丽莎》中，蒙娜丽莎的微笑，使该画获得了很高的评价，肖像画产生了强大的魅力。意大利杰出画家达·芬奇善于运用高超的技巧，在画布上表现出了蒙娜丽莎含蓄、深沉的美，产生了一个伟大的艺术形象。这张世界名画表现了那个时代一个名门贵妇的微笑和美丽。而周昌谷在《两个羊羔》中，则描绘了我国解放后，获得和平安宁的藏族女孩的微笑和可爱，歌颂了历经战争磨难后赢得的和谐新生活。

《两个羊羔》画中的主角是藏族女孩，也是两只小羊羔，画中人和画中羊是不可分的。历代中外画作，画羊的有不少名作。

中国数千年传世的中国画作中，有宋朝陈居中的《四羊图》，有元朝赵孟頫的《二羊图》。

外国名画中，以羊为描绘题材的很多。西班牙洞穴壁画上，常绘有猎羊的图画，羊是猎人的猎物。法国画家米莱的《牧羊女》一画中，群羊在低头吃草，牧羊女则低头编织，头上遮着红头巾，草原上一片宁静，牧羊女和群羊，有一种纯朴自然的美。

西班牙画家牟利罗画的羊十分动人。他十岁就失去父母。因此他画《神圣的牧童》时，画中的牧童手搭羊背，与羊羔几乎是相亲相爱的兄弟，表现了人与动物的亲密无间。法国画家毕加索，是现代派绘画的代表。他的铜雕《山羊》，塑造了一只瘦骨嶙峋的羊，为饱受战争摧残的人民大众发出无声的控诉！欧州画家凡艾克则在《羔羊座前》的油画中，描绘了世界人们都要在羔羊座前受审判的大场景。羔羊喻人，羔羊喻耶稣，在西方世界深入人心，家喻户晓。

世界青年学生联欢节，是中外青年学生的佳节，西方东方的青年学子们汇聚一堂。他们对周昌谷"人爱羔羊"主题的画喜爱和肯定，是不言而喻的。因为西方的青年学生，虽对中国画的艺术形式较陌生，但对"人爱羔羊"这一主题却很亲切。这一主题在西方无处不在，很多圣画就是牧羊图，表现了"神就是爱"的主题。之所以《两个羊羔》在联欢节受到中西人士的一致赞赏，正证明了美术大师周昌谷，青年时期就走在中西美术创造的高位上，运用自己的艺术天才，开放地采撷中西艺术养料，把丰硕的美术硕果奉献给中国，奉献给世界，赢得了不仅是中国，而且是世界的一片喝彩！

透过一代代中国美术大师们的努力，中国画这一独特有别于西方油画的艺术形式，也终于得到了国际上的承认和赞誉。周昌谷的《两个羊羔》，不仅在题材上美，得到了中西人士的肯定和赞誉，而且在技法、功力上也显示了高水平，发挥了天才。尤其是画面笔墨色彩的运用，周昌谷既继承中国画传统，以墨色为主。眼部、头发、长裙。羊羔无不以笔墨线描渲染勾勒，奠定架构。他又借鉴印象派用色，大胆地运用色彩。如牧羊女的脸部、手部和脚部，按照中国画色彩规律，用上了富有藏民特点的赭色，人物肌肤显得很健美，令人感到草原上既宽阔也很温暖。其他色彩用得很少很淡，点到即止，整个画面也就大雅不俗。女孩的毛皮帽，渲染得当，质感很强。人物与羊羔的素描也很精准，栩栩如生。按中国画技法来看，这幅画是采用了兼工带写法。在人物动物的头部、手脚部，用线很工细，而其他部分则用笔洒脱肆意，简约洗练。画面留白很多，正是中国画的特色，显得意境特别辽阔深远。与西方的一些名画用富丽堂皇的场面作背景不同，《两个羊羔》只用一竖一横的十字木架作牧羊女的陪衬，让女孩有所依靠。这种看似不经意的安排其实很有深意。美丽的祖国呵，你何时才能富饶繁荣起来啊！

中国美术学院院长许江为《周昌谷书画集》作序，评《两个羊羔》时说："那藏族小女孩的目光那般安好，那般天然。这种目光实质上也正是周昌谷先生自己的目光。……今天，这种目光透过他的画作长久地投射在我们心上，让我们享受中国艺术精神深处的灵韵，理解变革者的气度，并不断地去思考中国绘画的变革的命题和拓新的使命。"

中国绘画的变革和拓新，周昌谷大师透过名画《两只羊羔》，已经为我们作出了示范，走出了新路。我们作为周昌谷大师的同乡、同道，有幸可以就近经常到艺术馆欣赏他的名画杰作。周昌谷艺术馆跻身中国书画名馆行列，成为中国二十四家书画名家馆之一。周昌谷大师与齐白石、徐悲鸿等大师一样，耸立于20世纪美术之巅，足以让我们刮目相看。我们作为乐清人，更有责任对本乡的名家大师虚心学习细心探讨，深入进行研究和宣传。创作更多《两个羊羔》一样的艺术精品，使乐清变得更加美丽。

周昌谷画吴昌硕肖像

今年是近代中国艺坛巨匠吴昌硕诞辰170周年，吴昌硕是杭州西冷印社的首任社长，他以“诗书画印”四绝享誉海内外，对于近年百年来中国传统书画篆刻艺术影响深远，齐白石、潘天寿等大家都深受其影响。所以，杭州浙江博物馆和钱江晚报共同推出“昌古硕今——纪念吴昌硕先生诞辰170周年特展”。吴昌硕的书法、绘画、篆刻、诗文、信札等精彩作品，将展出一个月，供人们参观。

展览中展出的吴昌硕肖像共有五幅，其中好几幅都是海派人物画大师任伯年的作品。如《酸寒尉图轴》画的是吴昌硕45岁时穿官服的样子。而《蕉荫纳凉图轴》则画吴昌硕打着赤膊，穿着拖鞋，手执凉扇，懒散的模样。

吴昌硕肖像，乐清市的著名画家周昌谷也画过一幅，现珍存在乐清市中山公园周昌谷艺术馆中。周昌谷1960年时，正31岁。他从下放柯桥小赭劳动后，回到中央美术学院，就创作了吴昌硕肖像。该肖像画吴昌硕端坐梅花树前，身穿长袍，手执书卷，神态自然端庄，画面淡雅和谐，展现了吴老的大家风度。周昌谷是浙派人物画的代表人物。他善于使用中国传统笔墨，保持中国画特色，又吸收西画的素描技法，中外融合，使吴昌硕肖像成为中国画肖像画的典范。他画的黄宾虹肖像也是同期作品。黄宾虹端坐，手执毛笔与画本，神情凝重专注，衣着用墨深沉，与黄老画风“黑密厚重”十分贴切。体现了黄老的大师风采。

由于周昌谷对人物画的深厚造诣，因此他的人物画，《两个羊羔》在青年时期就得了国际大奖，在第五届世界青年学生和平友谊联欢节上获得金奖证书。此后，他的艺术成就多方发展，尤以写意人物画的色彩贡献很大。他按照中国画色彩规律和审美习惯，又借鉴西方印象派的用色特点，采用既艳丽又清雅，大雅不俗的色彩作写意人物画。

使中国写意人物画明艳超逸，传神得意，别开生面，达到“前不见古人，后不见来者”的境界。我多次到周昌谷艺术馆拜读周昌谷的杰作，直面一张张挥染墨韵、异彩纷呈、明媚灿烂、生气勃勃的人物画，觉得周昌谷先生在画中告诉我们，生活是多么美好，自然和人是何等美丽，值得我们去摹写，值得我们去描绘，值得我们去颂赞，值得我们去讴歌。

街头卖艺记

浙江省乐清市的千年古镇虹桥，坐落在名山雁荡的南边，地势平坦居中。明朝万历年间，即1570年后就逐渐形成农历逢三、八日集市，每五天聚一次热闹的集市，俗称“虹桥市日”至今已有400余年。

热闹的集市

20世纪60年代、70年代，虹桥镇区人口不到10000，但四乡各县来赶市的人，每市集都达到六七万人，最盛时达到十万以上。每个市场、道坦、并不宽大的街道，狭窄的巷弄，处处都挤满了人群。这些来赶集的人不仅来自本市的县西柳市、北白象、县东清江、大荆，也来自南面的温州市、瑞安市、平阳县，北面的温岭市、黄岩市，西面的永嘉县，东面海上的洞头县等地。成千上万赶集的农民、渔民、手工业者带着自己的农副产品、水产品、牲畜、还有手工业品、工业品，在三、八市日，有步行的，骑自行车、摩托车的，有划船的，有开货车汽车的，有乘公共车的，像潮水一般涌入虹桥，摆摊、开店营业，个体、集体、国营一齐开张。买卖兴隆，贸易旺盛，人群密集，熙来攘往，把整个虹桥挤得水泄不通。繁华景象比起名画《清明上河图》，真是有过之无不及。因此，虹桥与柯桥、路桥成了浙江省著名的“三桥”，“三桥”的集市贸易辐射全省，名闻遐迩。

“文化大革命”期间及之后，虽曾打击“投机倒把”，对个体商业活动有过限制，受到影响。但对于手工业生产，由于属于生产劳动，未曾限制。所以手工业产品，特别是生活用具的生产日趋兴旺，贸易盛况空前繁荣。镇上光从事家具生产的方木工匠，不仅有木器社的数百人，而且有个体木工数百人，每一次市日上市的圆洞门床、车弯床、菜疥柜不计其数，大部分摆在东街、集贤街上，基本上每市日都被四乡各县的赶市客购走。那时一个木工在上一个市日与下一个市日的几天内，都能制成一个菜疥柜。一张圆洞门床则需10至15天三个市日能制成，所以，木工产品非常充裕。

1964年7月，我是全国第一批下乡的知识青年。1965年，我当时在下乡插队后，利用自己的美术爱好，已自学成雕花手艺。雕花匠配合方木匠，将他们送来的雕花板雕好，及时装上菜柜门，或者圆洞门床前额。就能使这些家具摆在店里、街上、坦上出售了。一般情况，大部分木工的产品在市日那天都能售出，生意都很兴隆。

店前摆画摊

1968年，我雕花已带了徒弟，雕花业务到市日那天较闲暇，花板加工总等市日后才送来。所以，市日那天空着可惜。我自学了铅墨画像，到市日那天，就到街头去摆摊卖艺，招揽画像业务。

在镇中心的文星街文星桥边，一个朋友开了间理发店。我就在店前面边角摆了一张小木桌现场画像，放上画笔画板。在墙上挂了一张样板铅墨画肖像。样板画是西横街几位老人家的肖像画。其中一位老人是几代人在虹桥开药店的，名气很大，四乡人人认。过路的人很多，大家看了我的样板肖像画，老人大家都熟悉，都说我画得真像。所以，我的铅墨画像生意也多起来了。文革结束后，样板改挂周恩来等伟人肖像，影响更大。

一般情况下，我都是先收下客户的小照片，下个市日前画妥，装好了。客人来了，人家说画得像，才收下客户的工钱。如急用就请他到我家里去拿。我画照片的时候，非常精细。自制了一些工具。如硬毛笔，用胶水粘合，有的较大，有的很尖很细。大小笔配合，总是力求画出最细致的地方，务使肖像很肖似，也尽量使面容美一点。一张照片画成肖像，用擦笔技法，开始时总得用上一天时间，描描擦擦，涂涂修修。后来熟练了，快了一点。赶一赶，半天也能画成一张。由于我制作精良，诚信守时，我画像的信誉就逐渐传遍了四乡。

文星街边流淌着虹河，虹河当中有一座文星阁。文星阁里的孔夫子，执笔写书为众生服待。有时我就想，我也学过孔子的书，该效法一下孔子。有客从四乡来，让我为他们服务，不亦乐乎。我当街摆画摊没有什么难堪的。

下乡写真容

市集人流量很大，街头卖艺使我招揽了很多业务，也使我在虹桥区域有了小小名气。我就将自己的画室取名金沙画室，因为我姓金，住金沙河边，那儿当时比较偏僻。后来屋建造多了，我住家边上也成了小街。就有很多慕名求画的人到我家来了。

我在参考照片画像同时，购买了很多画素描、画速写，画油画的书自学。我也自学了当面写生的技艺。有好几次，被人请去，为山区、乡下没有照片的老人写生肖像。

有一次，一个老阿公已经亡故。他们的下辈赶到我家，请我上门为他写生遗容，我也不避忌讳，肯上门为他写生。那时正是冬天，天冷地冻，我穿上厚棉衣，围上绒围巾，戴上手套，提着土画箱，乘公共汽车，后来又步行，到了这个双进的大宅院。大宅院坐落在山边的小村里，虽然地处偏僻，但大宅院却不冷落。几十个阿公的下辈在忙碌着准备白喜事。一看到我来了，个个很欢迎，面露喜色，都说："先生，您来了，请坐，先喝杯热茶，暖一暖。"

我看老人躺着不好画，就让那些下辈将老人撑起来，用一个畚斗垫在他的背部。由于老人僵硬，只能斜躺着。我只能站着，把画纸夹在土画板上，用自制的硬毛笔画。那张画我画了大约半个小时，主要速写了他的五官位置、明暗凸凹。服装只能带回家去加工了。我将工具收集拢后，他们还请我吃了热腾腾的点心。我让他们第二天到我家去拿肖像，因为当时老人的眼睛已闭上，没有画出，我还要在画上开眼睛、添服装、装相框。第二天，他下辈到我家里取画时，心表感谢。因为过二天后，他们在出殡时，可以有一幅老阿公的肖像画了。

我经常下乡上山，为老人们画像。路上想着的，就是孔夫子当年，也是常常周游诸国，去教学、去著文。我赶路，就是踏着孔子的脚踪，去为人服侍，心灵中是喜乐快活的，一路上总哼着歌。特别是那首《小草》的歌，我轻轻地唱了几百遍，我踩田埂、登山路就“从不寂寞，从不烦恼”。

无照画容图

由于我街头卖艺，又开了金沙画室，画像业务逐步扩大。有些村落的房族修谱，就上门请我为他们画太祖们的容图。有的拿来旧谱，让我参照旧容图画成新的，用的是宣纸。一本谱里总有十几个太祖，有很多是做过大官的。有的房族还要将太祖图画成二米长的挂图。我当时就用五颜六色的土油画法，画在白布上。不用像谁，只要将面部画得端正、慈祥、威严，服装画得华贵、高雅就可以。用白布画成油画似的容图，既可悬挂，也便于收藏。因为有些旧容图用宣纸装裱的，乡下人不懂收藏保管，很容易损坏。因此我的太祖容图土画法很受欢迎，接到不少业务。

无照片画肖像业务开展以后，很多单位也慕名而来。乐清市是革命老区，抗日时就成立了游击队，革命烈士特别多，革命纪念馆也特别多。不少乡、村都有一个馆、室。一些革命纪念馆要画烈士肖像，我就请他将烈士亲人的照片带来参照，根据烈士的年龄画定肖像，再加上特定的服装，如游击队员就加土布装，新四军战士就画新四军装，志愿军战士就画志愿军装，使烈士们也能有个肖像，可以供人瞻仰。在革命回忆录《红旗漫卷虹桥》一书中，我画的烈士肖像达数十人。

虹桥镇第一小学百年校庆要编印纪念册，解放前多任校长都缺肖像画。一小老师找到我，我就参照校长下辈的照片，画成这些先辈老先生们的肖像。这本纪念册我也珍藏着，我数了一下，总共我画了八人，画者是没有署名的。

很多老人的遗像，我都是参照他们的下辈照片“创作”出来的。有的肖像上，眼睛像儿子，鼻子像女儿，年龄像老人。几十年中，画像数千幅，“创作”出的大致有几百幅吧，我也没有统计。这些画也不是什么真正的创作画，进不了展览会，得不了什么金银奖。

合成凶犯像

大约40余年前，乐清剧院发生了一件命案。凶犯逃走时，剧院工作人员看过凶犯面容，记住了他的特征。当时的公安局为了侦破此案，搜集了大量类似照片，让剧院工作人员辨认，最后确定了多张相似的照片，因为当时尚缺乏高科技的刑侦技术，难以合成一张模拟像。

一天，几位公安局刑警来到了我家。我当时吃了一惊，我和什么刑事案件有关系吗？警察和气地说明来意，我才明白他们请我去画凶犯模拟像。警察用专车接我到了公安局，他们拿出很多照片，摊在一张会议桌上，又让剧院工作人员对我讲了这个凶犯的面貌，与这张照片中的人何处相似。凶犯的眼睛像那张照片中的眼，凶犯的眉毛像那张照片中的眉毛，鼻子、嘴像那张照片中的鼻嘴，我就当场照着几张照片，画出凶犯模拟肖像，并根据剧院工作人员意见改定。那天中午公安局招待了我，还付给工钱，并派专车送我回家。

这一次，我用手艺帮了公安的忙，也感到有点自豪。有时，我们这些无缘当干部、蹲机关的街头艺人，也能对依法治国作点小小的贡献。我也盼望公安能侦破凶案，将凶犯绳之以法。但之后，我也没有去问结果如何。

老司变先生

我坚持了好些年的集市街头卖艺。虹桥一带，很多人都知道我是“画像先生”。有些人家不仅祖父祖母是我画的，父亲母亲也是我画的。很多人碰见我都说，你画的像真准，我随便站在像的哪一边，像里的人眼睛都看着我，真是活的一样。有位阿婆告诉我：“安南，你画的我老老像，我看他是活的一样。我看看他，他就看着我，我眼泪忍不住就流出来了。”这使我很感动，做手艺就要认真仔细，被人认可牢记。

那几年我做手艺很忙，既要雕花，又要画像。老婆帮我雕花，我还陆续带了7位徒弟。记得有一天忙到半夜，一天中雕出花板80粒，十副菜柜花板，还加画了二张铅墨肖像。虽然忙得不亦乐乎，收入不错，十副花板每副8角，计收8元。二张画像，每张2元，计收4元。一天收入12元，就相当于我在供销社里半个月的薪水。那时年富力强，有工可作，有钱可赚，丰衣足食，也很知足。

虹桥这一带，木匠、雕花匠，人称“老司”，老一点人称“老司头”。而画像的工匠，人称“先生”，将你的称呼与教书的并列了。所以，渐渐地，很多人碰见我，都叫我“金先生”了。至今还这样称呼我。

当时，有些人还民间评选，以会书画诗文为标准，将我列为虹桥“四大才子”。因为我为宣传队、剧团编过剧本、快板节目，而且常上台打快板，演角色，甚至还当过剧团副团长，带剧团下乡演出。

自1964年插队下乡，我务农一年多。由于腿上被蚂蟥叮咬发炎肿疡，转业雕花画像。“文化大革命”之中，一心做手艺谋生，市日上街卖艺，平日雕花加工，转眼间十几年也过去了。

后来由于家具变化，床用席梦思了，菜橱被电冰箱、碗橱代替了，八仙桌改为圆桌、长桌了，雕花业务逐步清淡。我就专门画像。开放改革初期，我也画过广告。当时电脑未发展，画广告需要手工绘制。我第一幅油漆画的广告，是为磐石欧丽亚服装公司画的。高四米，宽十一米，画了一个西装人像，加美术字。是画在一块块三夹板上，再搭铁架装在墙上。这是我画的最大的人像了。由于台风刮掉了当中的一块三夹板。我补上后，感到大型广告不安全，我是个谨小慎微的人，就将广告场地转让给别人了，还是继续画像谋生。

此后，1979年，由于国家将插队青年安排工作，我进了乐清制革厂。画像也就成了我晚上的副业，也不必再上街头卖艺了。但是那段街头卖艺的时光，虽然充满了艰辛与忙碌，却也赢得了尊严和认同。虽然我被下放、被插队，环境改变了，地位改变了，我却能与最基层的民众在一起，同劳作，同拼搏，同甘苦。

随着时代的发展，虹桥镇的集市的痕迹也逐步消失。虹桥镇已成为电子强镇，商贸强镇。除了农贸市场上，三八市日时，乡下人带来点农副产品销售外，街头巷尾，再也见不到当年人群密集，熙来攘往的“挤市日”盛景了。但我对街头卖艺的回忆，是甜蜜的，是美好的。这是乡土文化的一根小草，虽然没有花香，没有树高，但是它植根于雁山乐水的大地上，曾得到大地母亲的亲密拥抱。同样，祖国的雨露曾滋润过它，祖国的阳光也照耀过它。

虹桥雕花

美丽富饶的虹川山水，养育了世世代代勤劳智慧的虹桥人。在这千年古镇里，虹桥人用辛劳的汗水浇灌出许多特技绝活与工艺之花。虹桥雕花，就是其中一个历史悠久，硕果累累。大放异彩的工艺美术奇葩。

虹桥雕花与县东虹桥人民生活密切相关，与婚俗、建筑、宗教都有关联，它化美了虹桥人的生活，弘扬着传统文化，传承着人们的观念思维。

走进乐清市文物保护单位——虹桥镇三村倪佩玉（震雷）宅。大宅六十四根柱子，柱柱上有雕花，是一座用雕梁画栋构成的宏大木建筑。代表了虹桥地区雕花的最高水平。在房屋的立柱和横梁之间，有多种形态的斗拱。斗拱上雕的花窗图案丰富多样，有荷花、梅花、葵花、海棠、菊花、兰花、树木、花边等植物图案，有各种几何图案，如八角、六角、四方、三角、镜圆、椭圆、半圆、菱形、方格、回云纹、如意纹等，还有寿鹤、鸟兽等动物图案。这些都完整地保留着。我年轻时，曾见过斗拱最外部还有圆雕人物立在其外，姿态威武，属于武将形象，约四十公分长。在大宅转一圈，美不胜收，赏心悦目。“文化大革命”初期破四旧时被凿掉了，锯痕今犹可窥见。

该屋于1920年，即民国九年，由倪佩玉先生父倪文西建造的。当时主持雕花的是虹桥凰岙赵典耕。参加雕花的师傅有杏庄的胡道尧、胡道杰、胡尧姆三兄弟，东街的徐宏山，下仙垟的连正旺，上陶的黄正荣，还聘请了县西的“老司”，共有十几位。雕了好几年，都是配合大木老师。边设计边制作边安装的。

虹桥倪佩玉宅的雕花，是虹桥雕花工匠的一次集体创作，距今近百余年，仍彰显其不朽精湛的艺术魅力，展示了虹桥雕花工匠的技艺，是值得虹桥人骄傲并且应该永久传承的一个艺术遗产。

虹桥雕花工匠的作品，不仅体现在倪宅等大宅院的木建筑上，主要还是体现在家具的的浮雕上。建筑房屋工匠俗称大木师傅，家具木匠俗称方木师傅，家生木匠俗称圆木师傅。雕花的大量作品，还是在方木老司所制作的家具上。

虹桥传统家具与虹桥婚俗密切相关。旧时结婚前，男方要给女方聘礼银，女方用聘礼金置办嫁妆。结婚当天上午，男方派人到女方去搬嫁妆。嫁妆主要包括方木做的床、柜、桌、椅、茶几、床头柜、尿盆柜，还有圆木做的样即六盒四盒，斗升、花鼓桶等等。

方木家具中的床、柜、桌、茶几都是需要雕花的。床是最主要的家具。有三进二进的满间床，特别高档讲究的用红木制成。里外均用雕花镂空工艺，图案有花鸟人物龙凤狮子。人物皆以古代小说戏出为题材。中堂常用郭子仪拜寿，左右有文戏武戏，有《三国演义》《封神榜》《西厢记》《红楼梦》等等。这是富有人家最高档的床。一般人家的床，用樟木雕花板，分为高屏风、圆洞门床和矮屏风圆洞门床，其前额均呈圆洞形状，均在中堂和左右花板上有精细的雕花。卧室中的衣柜称“重柜”，在柜门上方也有四粒花板，雕上人物或花卉。

用车木拼成的一般床叫“车鑾床”，有三块实心葵花、石榴花构成的花板。

虹桥传统家具的桌是四方的，称“八仙桌”，每方有二块花板，共八块花板。若雕人物，即雕八仙过海故事中的八人。有时就雕松竹梅柳和花卉。过去每户人家厨房里都有一个脐柜，用来放食物和菜蔬。上柜和下柜共有八粒花板。一般上柜四粒花板雕八仙人物，简单的就雕松、竹、梅、柳；下柜四粒花板雕花卉。

虹桥传统家具中的茶几、靠椅也是雕花的，有浮雕的，有镂雕的。图案以花卉居多，也有人物。

虹桥雕花工匠又一项重要工作是为宗教场所作装饰。过去的佛像大都由樟木雕拼而成，大型的的佛像由几百几十块樟木板块拼雕而成。而小型的佛像可由一块樟木雕成。所以佛殿里佛像如来、菩萨等都是雕花工匠的手艺制成。还有佛殿里的元宝桌、匾额都需雕花工艺的配合。

基督教堂里，圣桌、圣台边上的和平鸽、葡萄树等花鸟图案，也需雕花工匠的加工雕制。

近百年来，虹桥雕花师傅的代表，主要是二家。

上陶黄华胜一家，五代相传。主要从事佛像雕塑。黄华胜已是第四代传人。黄家祖籍宁波余姚。他太公黄修仁从余姚迁台州临海，从事佛雕手艺。他爷爷黄崇寿，号品山，从临海迁本县南塘东山黄家底。爷爷和爷公二人雕塑手艺精湛，名闻乐清。县西黄杨木雕大师王凤祚，少时曾以每月三枚银元为酬，作学徒前来过堂拜师。黄华胜父亲黄正荣，迁入虹桥上陶，技艺益精，声名鹊起。主要用樟木雕佛像。他的作品遍布温州地区，如温州护国寺、头陀寺，瑞安仙岩寺，文成城门寺，以及平阳、永嘉等县寺庙都有他的作品。尤其值得大书的，是1955年，黄正荣师兄王凤祚已在杭州的中国美术学院进修并工作。当时，杭州决定修缮著名的灵隐寺，王凤祚就推荐他到杭州。历时三年，他用几百块樟木，雕拼成21米高的释迦牟尼像。全用八字榫连接，无一颗铁钉。做工细腻，生动传神，栩栩如生，端庄慈祥。多年来深得成千上万中外游客、香客的赞赏。黄华胜少年即随父学艺，一生都钻研雕花技艺。于公社化、“文化大革命”期间，因佛像雕塑业务清淡，从事过雕花板、油漆手艺。开放改革后，各地寺庙宫观得修复和改观，黄华胜带领儿子黄元鑫、黄元南，组建了乐清市鑫南雕塑有限公司，让艺术生命传至第五代，并且扩大业务范围。不仅雕刻，而且兼及泥塑、玻璃钢塑、铜铸，塑制中外名人塑像、装饰美术、动物玩具，出口工艺品等业务。黄华胜常奔赴全国各地雕塑作品。他制成三门县多寺宝教佛像，高11.8米，是国内最大室内铜铸佛；他制成甘肃张掖市灵阴寺千手观音；他制成江西吉安青原山资国寺大型玻璃钢佛……。黄华胜由于艺术成果丰硕，已成为中国民间艺术家协会、中国工艺美术家协会、中国收藏家协会会员。他还被联合国科教文组织授与“民间艺术家”称号。

凰岙赵崇炳一家，雕花也是五代相传。他的太公赵洪蓝，是虹桥雕花最早的师傅。他的爷爷赵典耕，继承父艺，技艺益精。他不仅能在圆洞门雕花床花板上，雕出文戏武戏的各样人物，花卉，马匹、狮子、凤凰，而且能在木楼的立柱横梁之间，设计、雕刻出各种各样的花卉、动物、人物图案。不论斗拱如何多变，他设计的图案总是与整个建筑很协调，增添了楼宇的美观雅致和华丽高贵。请他主持雕花手艺。赵崇炳父亲赵孔德，传承了父亲的雕花手艺。主要是雕床额花板。他雕的床额花板人物，武将很有特色，坐骑战马特别雄壮，马鞍、武将盔甲都刻得十分细致，刀刀刻得均匀整齐，觉得非常威武美观。赵孔德还担任过淡溪乡副乡长，当过东联长山木器社出纳，但一生中大部分时光都在雕花中度过。赵崇炳与妹妹都学成了雕花手艺。崇炳在皇岙家中雕花，他儿子赵佰良也在皇岙家中雕花。五代雕花世家，五代雕花人都没有离开过凰岙这个"凤凰飞腾"有着美丽村名的村落。崇炳妹妹学了雕花，嫁到长山后，在东街开了间雕花店，一直雕到今天。

虹桥雕花师傅，还有杏庄胡道尧、胡道杰、胡尧姆三兄弟。胡道尧师傅雕床额人物，很有特色，把才子佳人雕得很秀气，面部总是瓜子脸，身材苗条，所以他的业务很忙。想请他雕一副床额花板，总得等上二、三个月。他说，你不能限时间，不能催促，你一急，我花板就雕不好了。

虹桥东街徐宏山、侄子徐恭新，也是一生从事雕花的师傅，徐宏山住在仙芝堂老屋，是位专心雕花的老实人，雕得很细致。儿子徐恭强也继承了父业，后来转向制作金工，也是个高手。徐恭新参加了木器社，所以雕花特别忙。因木器社里木工的雕花加工都是他的业务，后来他有个女儿也跟着学了雕花。

虹桥雕花师傅，还有下仙垟的连正旺。虹桥雕花的历史，已有数百年之久。雕花手艺，是为木工装饰的手艺，而虹桥的木工，不论是大木、方木、圆木，有一段时期都发展得多且快。大木兴、方木兴，雕花就兴。木工衰了，雕花也就衰了。

1965年金安南从事雕花手艺，他被插队下乡后，决定回镇做雕花手艺。与挚友周明心相约拜访了凰岙赵孔德、杏庄胡道尧、仙垟连正旺诸位师傅，就打制工具自学雕花。当时正碰上虹桥的木匠生意最兴隆的时期。虹桥数百木匠做出的床、菜柜、八仙桌大量制作出来，在虹桥三八集市上随即就被温州、永嘉、玉环、路桥、黄岩来的赶市客购买。所以，木匠们送来加工的花板很多。金安南只学了一二个月就接到了业务，到年底夫妻俩人就十分繁忙。一个月的收入相当于单位职工的二三倍。第二年“文化大革命”开始，雕古代人物虽受冲击，但周明心转雕革命样板戏，金安南学他的样板，也转雕少数民族人物。大量业务是雕松、竹、梅、柳等花卉图案。所以雕花业务未受影响，反而比较稳定。因为，很多人去“革命”了，雕花匠们可以安心打工，形成一项重要产业。

周明心雕了5年花板，去文化单位工作了。金安南一直雕了15年。这期间还陆续带了7位徒弟。“文化大革命”期间，民间手工业受影响不大。改革开放后，由于人们生活用具的更新换代，实话实说，反而使某些木制手工产品受到严重影响。

由于席梦思床的普及，雕花床不再制作；由于冰箱、碗柜的普及，氽柜无人购买；由于圆桌、长方桌的流行，八仙桌无处可容。时代在发展，兴衰在转换。

虹桥雕花在最盛期，工匠已发展到六七十人，盛极一时。如今，虹桥雕花，现只剩下黄华胜、赵崇炳两家。黄家已从雕花行业转变成多种经营，钢铸、玻璃钢塑……。赵家的越崇炳妹妹已撤了东街的店。赵崇炳的孙子已就读中国美术学院。虹桥雕花的下一代，可能只留下对雕花工艺的眷恋了。但是雕花匠们对虹桥雕花的回忆是美好的，是深情的。他们和他们的下一代对中国文化艺术的热爱，对真善美的追求，将是永不止息的。

（本文与南孔球合作，发表于乐清日报2015年1月24日）

拳石画台寻踪记

齐白石是中国最著名的书画家，在中国十大国画名家中，也是最长寿的。他比91岁的黄宾虹、林风眠、吴冠中还大2岁，达93岁。但比齐白石更长寿的著名书画家在乐清，他是我的老师倪亚云，他现在仍旧健在，已比齐白石大2岁，达95岁。

新年将临，过了元旦，倪先生将再增寿一年，进入96岁。所以，我和画友周朝银相约，于12月3日拜访倪先生。我送去《胡景韩文集》。胡景韩先生是虹桥乡贤，曾官至国民党党部科长，善作诗文书法，为人和善、仁慈。与倪文亚、沙孟海、倪亚云等有学友之谊，他的文集首页有倪亚云国画墨竹。所以倪亚云先生见此文集，甚喜。倪亚云先生精神仍佳，他听我朗诵散文《书画家为什么最长寿》一文后，与我们谈起文人的诗词、联对及书画创作，乐不知倦。

倪先生的儿子倪德久谈起，倪先生退休后，曾住西门一间公房，就常到西象山登山锻炼。在山上发现一块大石头较平整，就带来笔墨纸砚，在上面练字作画。他自号松雪老人，取意旧时“乐成八景”中的西岑松雪。为此，他还作诗一首：“西山水畔一拳石，巧凿供吾作画台。剑舞晨风清兴发，纵横笔墨醉岩隈。”诗经友朋传阅，和作近百首，和其诗者，有不少国内外诗书画界名家、大家，一时传为乐清艺坛佳话。近日乐清诗词学会已汇集百首和诗，即将出一本诗集。

在这块“拳石画台”上，倪先生15年来勤学苦练，书画境界大进，结成硕果。因此有了1996年的中国出版社的《倪亚云画集》，刊载了倪亚云先生的百梅画展成果。

听了倪德久的介绍，我想起今日来乐，上山寻踪“拳石画台”旧迹。于是，我与周朝银，随倪德久前往西象山。在西象山红岩洞近，一处山泉水流涓涓，旁标“写心泉”，乃倪先生作水墨画涉水处。“写心泉”边，已造一“涤襟亭”，亭前对联为“山似家人情谊在，石新娱我性灵存”，亭及对联书法皆为倪亚云书。内有对联系乐清著名诗人张炳勋撰并书“曾邻画士分清韵；好汲林泉涤俗尘”。还有一对为著名诗人楹联专家曹云霖撰，倪亚云次子著名书画家倪朔野书“问红岩古洞如何说法；寻碧水寒潭到此敲诗”。

我们站立在“涤襟亭”前，整个繁华的乐成镇呈现眼底。幢幢高楼耸立，间有绿树花园，大街上车流如水，一片红尘滚滚繁华景象。

西象山高，百米之上，清风阵阵，涤我衣襟；涓流细细，写我心灵。“拳石画台”已成公路，旧迹就在近处。

我寻思，倪先生为什么当年那么深情地眷恋只有林泉、拳石的西象山，十几年都徜徉在他心目中的“小世外桃源”里。因他不仅像齐白石一样，功利心很淡，远离名利场，而且一生中生活清苦。他祖籍虹桥倪宅人，父辈开“太和堂”，原是小学美术教师。自虹桥调到乐清文化馆做书画工作后，快退休了，还住在灯光球场舞台边上一个小阁楼里。由于文化局的傅局长带县委吴书记来看他，他在俩领导关照之下，才分配到一间公房，在西门影院边上。倪先生画艺出众。他解放初就已是浙江美术家、书法家、摄影家三会会员。本应像很多大名家一样，周游全国名山名景，从事书画创作活动，名扬四海。但倪先生无奈经济拮据，十余年来，离却红尘，在无名的西象山拳石边，剑舞晨风，纵横笔墨，自甘寂寞，淡泊明志。

有一天，市领导林绍濂也在此登山，看到倪亚云在作画，便驻足观看了一会，又询问：“画得蛮好，出过画集吗？”倪先生说：“没有出过，因没钱”。林说，“没关系，你来找我”。后来，倪先生的大儿子和文化馆的南碎开为此出力，终于出了《倪亚云画集》。画集由书画大师谢雅柳题签，画家老友林曦明作序。我知道，倪先生仅出此一本画集，书画皆精彩绝伦。

我自小学时即跟倪先生学画，因一次倪先生给了我的画作高分，使我一生爱好画画，以画为业。一生以倪先生为师，效法他的德艺双馨。倪先生一生清寒，却时时乐作人梯，提携后学，在青年、壮年、晚年培养了很多书画名家，无数学子，为建立乐清市书画事业作出了很大贡献。他在西象山拳石画台旁十余年的绘画习作，就像王羲之在墨池兰亭作书《兰亭序》一样，永远值得我们学习和继承。我们乐清文艺美术界同仁认为：我们乐清不仅需要“周昌谷艺术馆”，也很需要一个“倪亚云诗书画馆”，收集展览乐清诗书画“泰斗级”大师倪亚云的作品，介绍他的事迹。如能在“涤襟亭”旁建一诗书碑林，刊刻乐清文人墨客与倪先生的酬唱，将会为乐清增添无限的文采风光，传吟万代。

我一生钦敬的恩师倪亚云先生已于2017年3月6日逝世，故写此文，深表我对他的感恩之情。

老照片

——墙画少年会恩师，五十八年皆白发

1958年，县文化馆美术干部倪亚云先生，带领九位虹桥中学学生到虹桥杏庄绘制墙画。工作之余，9位少年站在窗口和阳台上，倪先生就为他们拍了合影，留下这张跨越半个多世纪的老照片。

那时，我们年龄在十三四岁之间，多么稚气。站在杏庄“洋房”里从左到右的是：金安南、姚修林、徐丐龙、周国荣、赵章锐、周明心、庄国杰、连正远、姚如恒。

58年里，我们经历了风风雨雨的漫漫人生，有3位已经过世：徐丐龙、周国荣、姚如恒。6位在世的学友，皆已年过古稀，频生白发。于2016年4月29日，6位中的5位，相邀当年的美术导师倪亚云先生偕夫人，在此留下合影。不过这一次是让恩师偕夫人坐在中间，不再让先生为他们操劳执机，借此良机，墙画弟子们表达了他们及他们眷属，书画界晚辈的感恩深情。一位晚辈还朗诵了“美哉梅痴”的诗，献给擅长画梅，开过“百梅画展”的倪老先生。众多晚辈以亲身经历颂赞倪老先生的悉心栽培。

在漫长的岁月里，倪先生精心辅导过的众多晚辈以亲身经历颂赞倪老先生的悉心栽培。书画学子，没有辜负先生的栽

培，来与倪先生约会的多数人虽然职业各异，但都在书画方面取得了一些成绩。

2016年4月29日新拍的合影里，倪先生后站着的，自左至右是：姚修林，在校长职位上退休后，从事书画金石创作；连正远，从校长职位上退休后，从事国画创作；周明心，从美协主席职位上退休后，从事国画漫画的创作，成为著名画家；赵章锐，从行政职位上退休后，仍关心热爱书画；金安南，从企业退休后，从事人物肖像创作。

58年前的老照片，是连正远一生珍存的。这次由于《乐清日报》《乐清文史》陆续刊登了《1958年的墙头画》一文，是金安南口述、南孔球整理的。连正远和姚修林就重印了这张老照片，并发起组织了这次师生58年后的会见。

倪老先生已经高寿九五。青山在，人未老。我们共祝愿，老先生健康长寿。

《老照片》续篇

——梅溪画苑访画友，万紫千红令人醉

2016年4月29日，墙画少年会恩师，是在淡溪镇梅溪村梅溪画苑里举行的。梅溪画苑设在虹桥企业家林星才梅溪村的别墅里。那天，倪亚云先生的弟子林星才，驱车前往乐成，亲自接来倪先生和夫人，还有周明心等。又有倪先生的书画弟子十几位，也纷纷应约前来祝贺倪先生与五十八年前画墙画的弟子会见。整个庭院里，画厅里济济一堂，欢声笑语。弟子们纷纷向恩师表达感恩的深情。此后，听说每星期五书画爱好者皆有相聚，金安南就准备5月12日再往“梅溪画苑”向林星才及参加画苑的书画朋友们致谢，并欣赏他们的书画创作活动。

2016年5月13日早上，金安南来到林星才家中的梅溪画苑。一进门，只见林星才、连正远、姚修林、吴爱芬、郑安进、瞿康通6位倪先生弟子正聚精会神，挥毫泼墨，绘制国画。我虽懂点人物画，对山水、花鸟画却涉足尚浅，今日看到梅溪画苑里竟藏龙卧虎，众高手潜心创作山水、花鸟、动物画，使我大开眼界。姚修林的苍松大气磅礴，连正远的牡丹娇艳盛开，瞿康通的花鸟精细逼真，林星才的雄鹰展翅飞翔，吴爱芬的丹顶鹤优游雅致，郑安进的山水意境深远，真

是各有千秋，万紫千红。

画友们潜心书画，成织斐然，令我这个古稀顽童身心皆喜，陶醉不已。中午酒饮时，数十年来未曾醉酒的顽童多饮了点红酒，在贤招农家乐醉跌了一跤，幸得修林、康通两位扶住，回到画苑，酒也醒了。众人就笑谈了一会，说文人善醉，李白醉酒出了好诗。这一会金兄醉了一次，又该会写点快板诗了。顽童连忙解释，数十年未曾酗酒，这次只饮一杯红酒多一点，怎会醉了？亏得并未大跌，有兄弟相扶，即刻醒悟，此乃托王十朋状元公之福吧！大家说说笑笑，又逢一书画朋友特地前来，挥毫拨墨，众人欣赏，评论一番，切磋书法，提高技艺。最后，就乘车愉快地回虹桥去了。

梅溪画苑，你的万紫千红，画意诗情将永远留在我们的心灵处、梦乡里。画友情谊激励我们更加钟情书画。遨游在青山绿水中，倘佯在鸟语花香间，在梅溪荷花塘边逍遥一番，此人生之大乐事也。

《老照片》再续篇

——恩师教导铭记在心，先生感言热泪沾襟

4月25日，老同学姚修林来电，约我星期五上午到梅溪林星才别墅，与58年前画墙画的美术导师倪亚云先生会见。同时已约五位当年的墙画学友周明心、连正远等，还有廿位倪老先生的书画学子参与会见。如此盛会，乃乐清美术界大美事。修林还嘱我带上画集，内中有画倪先生肖像及我为倪先生作的诗“美哉梅痴”，以赠到会嘉宾，我欣然应允。

至4月29日，我一早就乘车到了梅溪画苑，一座状元故里靠近梅溪的别墅。老同学连正远从别墅里迎我而出，已到别墅的还有书画学友吴爱芬、吴雪明等人，正在绘制书画。

约九点多，倪老先生偕夫人乘着林星才驾驶的轿车从乐成回到了别墅，同车的还有老友周明心等人。

众位倪先生的学子从画厅里出来迎接先生，欢声笑语一直伴着老先生从花园里走到画厅里。倪先生就座后，众生纷纷上前问候和祝贺，先生精神爽朗，听学子发言后，就“书画的得笔与不得笔”作了讲话。他的精辟画论，令众人受益非浅。

听先生教导，让回忆起自己的一生。我小学时，先生在一次美术作业中给了我90高分。激发了我画画的热情，催生了我的画家梦。先生带我们少年拜访状元故里，不仅带我们写生，

而且教我们像状元公那样立志，立大志。

我初中时，先生带我参与墙画，自少就使我有机遇投身文化墙实践，不仅教会我有了一项美术技艺，而且增强了我们的自主自强能力。

我进入社会后，先生主持了“文化大革命”前的阶级教育展览美术制作。我去参观多次，深受教育。主要是学习到了先生采用的多种美术技艺，如绘画、摄影、雕塑、剪纸等等。这为我今后人生走向社会，成为手艺人奠定了美术基础。

当我下放插队后，我未拜师学艺就能以雕花、画像谋生，实质上是先生早已教会我一切的美术技艺，使我能在长期生活中以多项美术技艺立于不败之地，能自食其力。

先生七十进入古稀，1991年春举办“百梅画展”，邀我与会。先生单独与我合影，又赠我摄影集，内中有先生精选的梅花图画36幅。先生对我这个进不了美术院校，成不了书画高才的手艺人，仍给予勉励和提携，使我终身难忘师恩。

1993年春，先生又亲赴虹桥，到我家刚落成的二间四楼的新屋，贺我迁入新居，亲自题赠我墨宝一幅，上书先生的“西山水畔一拳石”诗一首。该诗在友朋中传阅后，和作近百首，一时传为乐清艺坛佳话。此时，先生仍居住在西山几间简单的商品房里，他对学生兴建宽敞的新居，是由衷地高兴。

2013年，我在出一本肖像画集时，画了一幅倪老先生的水墨肖像，也写了一首“美哉梅痴”的诗，刊印在画集里，这是一个学生应该做的事。但先生却一再提起，念叨不忘。就在2016年4月29日，先生到梅溪画苑与弟子们会见中，他又说起感谢我为他画像与作诗。我当时真不知如何应对先生的感言，事后好几次为此热泪盈眶。

先生真不愧为谦谦君子也！他的虚怀若谷，以青出于兰提携后进为最大乐事！他就是铁骨铮铮的梅花，高雅脱俗的梅花，他不仅爱梅、画梅，梅花也表明他高洁的人品。万紫千红的春天已经来到了，百花烂漫时，梅花，它在丛中笑。

倪老先生已高寿九五，我虽已古稀七三，在他面前还是一个幼稚的顽童！

《老照片》第四篇

——认识乐清文化界“泰斗”倪亚云美术大师

倪亚云老师，祖籍虹桥倪宅三村人。上辈在新市街开“太和堂”行医。倪先生解放前读书，在乐清师范学校毕业，爱好美术。曾在芙蓉小学、乐成小学教书。解放初期，在虹桥小学教美术，我在那时成为他的学生，爱上美术。

1956年，倪先生调到县文化馆，主持美术工作。《老照片》是他1958年到虹桥拍的。此后，他迁入乐成定居，一直到退休仍住乐成。老一辈虹桥人都认识他，他学生很多。但中青年虹桥人认识他的人不多了。

倪先生一生主持乐清文化馆美术工作。他博学多才，在美术、书法、摄影方面知识渊博，是浙江省美术家协会、书法家协会、摄影家协会三会会员，所以在乐清培养了一大批文化艺术人才，对发展乐清文化艺术事业，尤其是美术书法方面作出了巨大贡献。在他辅导下，一大批书画家成绩显著，书画创作繁荣，使乐清成为书画之乡。由于国画注重“诗书画印”结合，倪先生与诗人作家常有切磋，题款诗文艺术，日益“得笔”。他退休后，又教过老年大学，乐清老年人书画成风，倪先生又有了一大批老年学子。所以，他是乐清文化界“泰斗”式大师，备受各界尊崇敬重。

他的下辈多在乐清图书馆、《乐清日报》、乐清中学等文化单位任职。一家是书香门第，才俊辈出。但他本人淡泊处世，为人谦和，不事张扬。乐清日报2013年秋报道过他，题目是：梅花许我谱新篇。这张报纸我珍藏着，收集在我的“剪报集”中。

今将《倪亚云画集》中作品数幅展出，以供网民欣赏。

《老照片》第五篇

——倪老先生九十寿辰，子孙满堂合家吟诗

5月22日下午二时许，我乘外孙朱琦的车，来到乐成倪亚云先生的住宅，送上4月29日先生到梅溪画苑会见58年前画墙画弟子，我拍照的一本相册。内中有四十幅，倪先生与墙画弟子及十多位来祝贺的倪先生弟子会面的照片。照片记录了当时老先生与弟子们亲切交谈，吟诗赏画，欢声笑语，情谊深深的场景。还有我为《老照片》而写的四篇短文：《墙画弟子会恩师，五十八年皆白发》《梅溪画苑访画友，万紫千红令人醉》《恩师教导铭记在心，先生感言热泪沾襟》《认识乐清文化界"泰斗"：倪亚云美术大师》。

倪老先生一人在家，我俩上楼后，倪先生很高兴。他招待我俩坐下后，我就送上相册，并朗诵四篇短文给他听。他听后更高兴，马上接过相册，一张张地欣赏照片，回忆当时会见光景。看见师母也被摄入画面，他说，拍得真好。

过了不久，我觉得不能让老先生太劳累，就站起来告辞。倪老先生还挽留我俩，他说："安南，你来看看我九十岁时的全家福。"我顺着他的手指一看，一幅倪老先生偕夫人坐中间，子孙满堂围绕身后左右的照片。是四世同堂了！照片上面，还有倪老先生《九十抒怀》的诗。更有特色的是，倪先生

有四子一女，个个吟诗祝寿。六首祝寿诗使这张“全家福”照片不同凡响，光彩照人。我马上拿出平板电脑连拍数张，我外孙也掏出苹果手机拍了几张。

我告辞倪老先生时，连连请他留步。倪先生坚持送出门外到阳台口。随后，我和外孙就乘车回虹桥了。

我在《老照片》第四篇中介绍倪老先生，“是书香门第，一家才俊辈出”。没有虚言吧！所以，今天就将倪老先生及其四子一女的诗，连同《全家福》照片发上《虹桥门户网》，好让虹桥仰慕倪老先生的乡亲们也来品赏一下他一家人的诗情。

美术大师倪亚云不仅有画意，而且一家还有满满的诗情呢！

淡泊名利 潜心书画

——宋美龄活到106岁

宋美龄年过六旬时，依然青春焕发，光彩照人。

她百岁高龄时，肌肤依然白净、细嫩、柔软、润泽。她活到106岁，其养生之道不仅体现在饮食上，常饮开水、喜吃素食，还涉及作息起居、衣着服饰、心态端正；特别是淡泊名利，潜心书画。

抗战时，1945年她曾拜国画大师张大千为师，学习山水画。赴台湾后，她专心学画，请画家黄君壁教习山水，请画家郑曼青教习花鸟。张大千来台后，收了蒋夫人作关门弟子，还和她共同作画。宋美龄多才多艺，对音乐、外语、政治、外交皆喜爱，但对书画尤其热爱。在名师悉心教导下，民国第一夫人终于成为丹青高手。她潜心书画，常作兰竹、青松、山水。人逾古稀、耄耋，依然笔耕不辍。曾办画展、又出画集。寿至106岁，终于以书画名家挂冠作古立传。

书画家为什么最长寿

据统计，中国的各种职业中，书画家的人寿命最长。清末到新中国成立，国人平均年龄为40—62岁，书画家人均寿命为88岁。进入现代，书画家人均寿命已超90岁。之所以如此，因为中华传统文化中的书画文化是可以用来养生的。

就拿中国十大国画名家年龄来看。九十岁以上四位：齐白石93岁，黄宾虹91岁，林风眠91岁，吴冠中91岁。八十岁以上四位：张大千85岁，吴昌硕83岁，李苦禅84岁，李可染83岁。

张大千弟子宋美龄，曾在中年至晚年学习书画，享年106岁。是宋氏六位兄弟姐妹中，唯一从事书画者，也是最长寿者。

中国传统书画文化，追求“似与不似之间”，兼具“写实与写意”，包容“具象到抽象”，使用“软笔与硬笔”，描绘“山水、花鸟、动物、人物”，无论绘画、书法，皆出于自然胜于自然。书法有各种书种，绘画含“各样画派”。书画又倡导“回归”自然，使书画能创造出更“真善美”的景象，令人心旷神怡，安宁静寂。美的书画，人造的山水，给人以安全感，合乎人类的本能追求。那些与大自然合拍、和谐的书画，能成为世界著名书画，受到普世的欢迎；而那些阴森恐怖的希奇古怪的书画作品，最终会被人们所淡忘。在所有“文化”职业中，书画家们最接近“自然”，所以，书画家们就容易得到长寿。

书画家寄兴于书画，以画为乐，必然淡泊宁静，与世无争。书画家一般功利心较淡，远离名利场。齐白石是中国最著名的画家，最长寿的画家。他来自乡村，他不懂政治也不关心政治，但他在日本占领京城时不卖画。解放之后，画了和平鸽、万年青。他是爱国的，但他不愿在政治上出头露面，一心画他的虾蟹虫鸟。所以，一生中他能心气平和，与笔墨为伴，在自个书画的“世外桃源”中安度时日，足享长寿。

齐白石曾经长期在农村雕过花板、画过肖像。晚年到京城改绘国画也是卖画为生。他卖画曾标过“润格”，即规定卖画的价格。实行“按劳取酬”。一张画的尺寸与画几只虾都详尽定价。这样明码标价，即保证了自己的合理收入，也避免了暴价高价，这实在是齐白石手艺人的作风，赚取公平的“工夫钱”，使自己心安神宁，延年益寿。

书画家寿短的也有，有患病而故的，也有急功好利的，就壮年夭折了。但绝大部分书画家，以书画为乐，以书画为伴，以书画为生，人与天地相融，心与自然和谐，故可福若东海，寿比南山。

为南怀瑾大师画像

老同学贾丹华，已经是乐清市知名作家。2015年12期《中国作家》上，发表了他的著作《南怀瑾传奇》30余万字中的抗日事迹选段。我向他祝贺，并赠他我的画集。他说，我的书即将出版。你的肖像画得很准。希你能为南怀瑾先生画一幅肖像。我欣然答应。因我已有画家周明心送我的一本《南怀瑾家园书》，书中的南先生照片宜作画肖像的素材。于是，我就着手为南怀瑾先生作了水墨画肖像，是画在宣纸上，宽45公分，长60公分。我将画作拍照后，发到丹华的QQ里，丹华看了很满意。

贾丹华是我初中同年级同学，虹桥贾岙人。诗人、作家，其作品经常在《诗刊》《中国作家》等著名文学杂志发表。并有诗集、文集出版。他在《乐清文史》杂志任编辑。最近，《乐清文史》刊登我一篇《乐清最激烈、歼敌最多的国军抗日自卫战》（与陈友中合作），下期将再刊登我的《街头卖艺记》。

南怀瑾是乐清翁垟人，是当代诗人学者，中国传统文化传播者，乐清市文化名人。我能为文化名人画像，备感荣幸。

在蛋糕上绘“国画”

古稀顽童最近著文减少，自去年10月之后，文章未见报，在网上原创文学也少了。他正转向美术设计，忙于绘画活动，但未见成果，所以暂不披露信息。

今天，他应一蛋糕师之请，将国画艺术应用于蛋糕之上，他用毛笔绘了一幅大公鸡于一个圆形蛋糕之上。其韵味如何，请诸位欣赏评论。但他所用的颜料并非国画颜料，都是食用色素，请诸位放心食用。这一蛋糕艺术化的创举，会使我们的日常生活更加丰富多彩，使生日活动更加快乐有趣。过生日的时候，不仅能品尝共赏，而且可以得到艺术的享受，过高尚文明和谐的生活。

致学画朋友们的信

学画的朋友：

您好！

因为我是画画的，很多朋友说要跟我学画。其实，我的画画是无师自通的。我有过美术老师，是94高龄的倪亚云先生，60年前教过我小学美术。后来我的画画基本上是自学的。雕花、画像、画国画，画油画，我都是未拜老师。办了工具、购了几本怎样木雕，怎样画肖像，怎样画国画、油画的书，就在家里雕起来，画起来。雕多了，画多了，你就成为美术家、画家。

中国最著名的画家齐白石，就是雕花的，画像的。他没有进过美术培训班、美术院校，但他的美术成就在中国无人能超越。勤奋出奇才，在美术领域就是这样。别的专业，需要记忆、理解很多公式方程，高深理论知识。我少时记不住这些东西，所以数理化成绩很差，也就成不了科学家、医生、工程师。我有自知之明，知道自己的笨，成不了高知。

但是，我爱涂鸦，对线条情有独钟。几十年来，我就靠勤奋。勤能补拙，也就成了个画画的。我学会了雕花板，画肖像，现在画些水墨画、油画、设计石雕人物。我一生中，大部分光阴在画画中度过，靠此谋生。别人讲我会画画，也画得像个样。但我自己觉得还很不够，是个刚学画的顽童。

学画很简单，就是会驾驶线条就行了。书法也一个理。所以中国书画界有一句名言讲“书画同源”。这个源就是线条。大范围讲，中国文化就是源于线条。中国文字几万万，个个是线条构成的。中国书法是世界上独有的艺术，无论什么体的书法，也脱不开线条的变化。中国文学万紫千红，诗人作家们都是在拼凑线条。中国美术千变万化，那一家都不能离开线条的运用。

用你的手，运用画笔画好线条，就是一幅画作。用铅笔的就成了铅笔画，用钢笔的就成了钢笔画，用油画笔的就成了油画，用水彩笔的就成了水彩画，用毛笔的就成了水墨画。

现在中国人最推崇的就是用毛笔画的水墨画，并且尊称为中国画，或国画。我愿意大家来画国画。我原本是用自制硬毛笔画肖像的，画得很肖似，所以闻名于虹桥一带。这几年我也爱上了用毛笔画国画。用毛笔画肖像虽难掌握，但画成了很有韵味，神采非凡。这主要是宣纸会渲染，可以兼工带写，不像干笔画的那么刻板笨实。用宣纸画花鸟、动物、山水，更是可随意挥洒，意境无限，气象万千。

画油画也很有意思，色彩非常丰富，也容易覆盖修改，且画妥之后，容易保存。现在的油画材料更新，已使用丙稀颜料兼有水墨、油画各种优点给绘画者带来很大便利。

所以我说，画画很容易，入门很简单。有笔有墨有纸就可以。当然，用手还要用心。这个心就是耐心、多动手。所以画画能怡情养性，所以画画的人脾气好，所以画画的人也就长寿。齐白石寿93岁。我老师倪亚云94岁还健在，还在作画。他号称“梅痴”，开过“百梅画展”。画画心要“痴”，才能德艺双馨。

现在学画的人多了。春晚主持人朱军、倪萍、毕福剑都在作画，画作拍卖都大受追捧。美国总统布什退休后，也学画，还开了画展。很多公务员、教师、医师都在画画。好！大家都来学画画，欢迎您到我的画室来，交流学画经验。

我有个朋友在山乡建了个凉亭。嘱我为亭题对，我第一次为凉亭题对，曰“清风明月诗无价，近水遥山画有情”。愿以此与学画朋友们共勉。

笔墨庆中秋，书画最风流

中秋节到了，中秋是个中国很重要的传统节日。合家团聚呀，一家人举行酒宴呀，一家人吃月饼赏月呀，挨家挨户庆祝中秋节，都是这样欢喜度过的。

但是千年古镇虹桥镇的老街西横街上，有几位文人雅士却用笔墨来庆中秋佳节。

首先是老画家周朝银，虽是70古稀了，却每日挥毫泼墨，作画抒情。他是西横街人，闻邻居开百年老药店的倪学奶装修中草药店，他就乘兴精心绘制一幅4尺宣纸《华陀图》，上有中国医圣华佗，风尘仆仆在深山采药。苍松翠翠，道路漫漫，华佗目视山野，四处寻觅，采百草以治百病。周朝银出身乡间工匠，热爱绘画艺术，去年乐清电视台曾拍过他勤奋作画的专题片。近年画作不断入选乐清市画展中。

画家作画，老中医倪学奶的挚友，陈友中老师闻讯，即作诗一首配画。诗曰：采药深山里，悬崖冒险登，病疾心所系，医圣万年灯。陈友中是乐清著名作家、诗人。曾被评为全国教师优秀十大作家之一。曾出文集、诗集多本。他因老家住埭头深山里岩上厂自然村，倪学奶曾因采药经过他家，二人因而结成友谊。

一张画牵动了文人的灵感，他还拟了一副对联。上联为

"虽无元化回生术"，下联为"但有岐黄济世心"。元化，华陀号也；岐黄乃黄帝内经之名矣！

呵，画意有了，已成一幅美丽的画图；诗情也有了，有了一首五言绝句，还加联对二句。诗画书，本是文坛三绝，那书家在何处？诗情画意加正书，那才绝矣！

画家、诗人已作画吟诗，大书家、微雕家陈耀宝也是倪学奶医生的挚友邻居，就欣然前来挥毫泼墨。陈耀宝是中国著名微雕大师。他曾用倪学奶头发刻上唐诗一首，还用针画上奔马八匹。他的很多微雕作品被中国不少博物馆、文物馆收藏。他1991年在温州文化宫举办过微雕展览，盛况空前。我曾去跑腿帮忙过。

这次书法作品，他在对联上联旁题："倪学奶仁兄雅正"，在下联旁则题"岁在丙申年桂月陈耀宝书"。按中国传统纪年，今年是"丙申年"八月称为"桂月"。《华陀图》上，陈大师则用了笔名"粟雁书"。陈耀宝的书法龙飞凤舞，富有特色，与周朝银的画相得益彰，互相辉映，挂在倪学奶店堂里，是满堂生辉，雅致无限。

笔者也是西横街的老邻居，前个月刚写了一篇散文《漫步珠宝街》。介绍了虹桥镇西横街上，开了十六间金银珠宝店。赞叹了老街变富，满街金银珠宝，财源滚滚。今闻中秋时，四位邻居挚友，以笔墨庆中秋桂月，顿觉满街金银珠宝也比不上此诗书画珍贵了。诗书画医四友的珍贵情谊，是无价之宝。《华陀图》及对联更是艺术之珍品也。价值连城，价值连城也。

金猴火眼金睛，见此书画珍品，立马携电脑将书画摄下，收入怀中，以便时时欣赏，常常学习。笔墨庆中秋，书画最风流，最最风流！

仰慕周昌谷

市文化馆来电话，邀我参加12月7日召开的“乐清市周昌谷艺术研究会”，我心中真是感慨万千。

德艺双馨的美术大师周昌谷，早为我所仰慕。能够参与他的艺术研究，早为我心所望，我情所愿。我当然是欣然受邀，怀着急切敬慕的情怀与会了。

2014年12月7日晨，我提着二个包，乘公共汽车，赴乐成金鼎大酒店参加会议。包里有我七十本画集，书中有我的肖像画几十幅和几篇文章。其中有我画的周昌谷肖像，还有我一生中首次撰写，首次发表在乐清日报上的二篇文章。题目为《周昌谷画吴昌硕肖像》《〈两个羊羔〉和周昌谷》。

这本我的画集并非特意为研究会而备，而是我向恩师倪亚云及学友们交的作业。刚刚印好了画集，碰巧遇上了开研究会。也就斗胆带来向研究会的专家同仁们请教了。好在各位专家笑纳我这个小学生的作业，基本上也都取去了。

30多年前，我在家经营“金沙画室”时，就订阅多份美术杂志。如美术、新美术、美术之友、浙江画报等。1980年《浙江画报》有一期刊登了画家周昌谷的文章、摄影、作品。至今我还在剪报集中保存着。这篇文章是周昌谷的学生、著名画家吴永良撰文的，张巾摄影。照片中的周昌谷正在写书法，他全神贯注，正在挥毫创作。照片中，墙上挂的画作大致是《山花》；照片边上，刊登了周昌谷的画作《边寨春晓》。可能由于当时印刷条件所限，整个版面是黑白的，这张画也没有彩色出现。

吴永良的文章写道："周昌谷同志毕业于中央美术学院华东分院（今浙江美术学院），现为该院国画系列副教授，美协浙江分会副主席。他的杰作《两个羊羔》曾于1955年获世界青年联欢节金质奖章。"

吴永良又介绍了周昌谷美术创作的特色，最后写道，"画为心声"。周昌谷为人耿直纯真，谦逊质朴。在十年浩劫期间，他也曾惨遭迫害。如今他虽然疾病缠身，但仍十分热爱生活，热爱艺术，坚持不懈地从事着辛勤的艺术实践。我们相信他必定会有更多的好作品问世。"

当时，文化大革命结束已经几年，在"文革"中受害的专家学者已陆续解放出来。周昌谷也一样，可以从事正常的文艺创作了。画面上，他目不转睛地注视宣纸，凝神执笔，对艺术的热爱跃然纸上。他没有怨天尤人，也没有满腹牢骚，更没有灰心丧志，而是倾心倾力投身到艺术创作中去了。

在我所珍藏的另一本杂志，1983年的《美术之友》上，周昌谷发表了《欣赏潘天寿先生的画》一文。还附上他的恩师潘天寿的两幅画作《雨霁》《梅竹》，是黑白的。

这篇文章约1500字。这篇文章虽不长，但对潘天寿艺术特色的介绍却非常周到和深刻。他分十个方面引导大家欣赏潘天寿画作的真谛：一、意境高华；二、构思新颖；三、构图新奇；四、笔力特健；五、墨气淋漓；六、设色高雅；七、题跋适致；八、书法遒劲；九、指墨新趣；十、诗文隽永。他最后总结：“总之，纵观以上几点，就形成了潘天寿先生国画创作气韵生动，风格强烈的总的局面。潘先生的画品，是他高尚的人品的表现，也是他立志要为中华文化增色的具体成果。”周昌谷重画品，更重人品，于此可见一斑。

我从美术杂志上获知周昌谷得到国际金奖，并对潘天寿画作作中肯介绍，深深佩服他绘画和作文的优异才华，对周昌谷的敬慕油然而生，剪报和杂志成为我的多年的珍藏品。1983年一期《新美术》中还刊登他的四幅画作。可惜三十多年前，这些画作都是黑白的。直至三十多年后，才得到欣赏周昌谷珍贵画作的机会。

那是2014年1月8日，挚友周明心来电邀我参观周昌谷艺术馆一个展览。因为1月5日开始，中国美术学院乐清藉艺术家共28位，举办《近乡情怯》艺术作品展，该展在周昌谷艺术馆举办。说点实话，我几十年来以雕花、画像手艺为业，忙于谋生，很少参与市里的文化艺术活动。除了倪亚云先生的《百梅画展》我去看过之外，别的画展很少去看，因此有点孤陋寡闻了。但听明心讲，周昌谷艺术馆是新建的，又有二十多位美院乐清籍艺术家参展。我心想，周昌谷正是我仰慕的大师。这次盛大的展览会，一定去看一看。

那天与明心到周昌谷艺术馆一看，我的心就被大师们的精彩画作震撼了。周昌谷的人物画作，把黄宾虹、吴昌硕画得那么传神，有非凡的韵味。而我几十年来的画像，用硬的自制毛笔、铅墨擦绘，尽管可以肖似，但总显刻板笨实，神气不足。特别周昌谷的写意人物画，用色大雅不俗，既艳丽又清秀。那些少数民族妇女个个是明媚超逸，传神得意，张张画面异彩纷呈、生气勃勃，使人愉悦、使人欢快、使人振奋。其他美院艺术家的作品，也是各有特色，各有千秋。观展之后，深感自己涂鸦几十年，技艺贫乏，实属井底之蛙矣。

明心送我《周昌谷画集》，艺术馆送我《返乡情怯》作品集。我得到周昌谷及美院艺术家的作品集后，爱不释手，有空就反复欣赏品味。又购了宣纸200张，备了毛笔、墨汁、国画色彩，购“无师自通”教材十本，奋起直追，日夜大练中国画，于是有了《金安南画集》这本作业中的几十幅国画肖像、国画动物，于是也有了几篇“研究”周昌谷艺术的习作，而且冒昧发表，到处分发，以求得专家们的批评指正。

周昌谷大师是值得我们仰慕的。这次市里成立了研究会，对他的艺术加以研究、探讨、宣传，很及时，很正确。

习近平总书记在北京文艺座谈会上讲，“繁荣文艺创作、推动文艺创新，必须有大批德艺双馨的文艺名家”。周昌谷正是这样的文艺名家，我们每个文艺工作者都来学习他、效法他，人人争作德艺双馨的艺术家，乐清的文化强市建设必会加快推进，乐清的文艺百花必会灿烂盛开。

画迷致越迷的信

赵老师：

你好！

自上次为你画油画肖像后，本想在暑期里再画些真人油画肖像，但因故都未动手。只画了一些炭精画肖像。那是我的老手艺，有人订画画得也快，近来主要是写些散文，发在网站上。

所以，真人肖像油画还只有一幅。现在仔细看看，这幅画还仅仅是习作，还不算是精彩的作品。因为照片是抓拍的，又是侧面演唱，没有配光，受诸多限制，所以水平不高。但我很想在油画肖像上“更上一层楼”，心灵深处的目标是想画出中国的《蒙娜丽莎》，借此扬名画界。有一位美国油画家在技法书中写道，要想画出精彩的油画肖像，首先要拍摄出精彩的肖像照片。我这种业余画家不可能像达芬奇一样，长期对着模特画油画，那是500年前古代的画法。现代完全可以借助摄影，先拍出配好光的精彩肖像，再画成油画肖像。

我认为你的形象很宜画成名画肖像，因为有艺术素质和五官条件。《蒙娜丽莎》画你肯定看过，书店里书上有，陶瓷店里瓷砖上有。你如果想再画一张像名画一样的正式肖像画，请你到专门的摄影馆多拍几张肖像照片，姿势可仿“蒙娜丽莎”

那样。半身，头、头发、手也那样。服装可穿玫瑰红的或你喜欢的各式各色的服装，均可。姿势也可改换成你所喜欢的方式，但眼神要注视镜头，微笑，或者手执话筒，准备唱戏的样子，不要放在面部口前、遮住面部，话筒说明你是越迷。

因为照相馆摄影水平总比我高些，肯定会从多幅照片中选出宜于作画的照片来。不足之处，我作画中也可反复调正。这样创作，肯定能画出一张胜于现在这张画的作品来。即使成不了大名画，你有一张好的肖像画，也是不错的。趁现在拍一拍，给自己也留个念。

因为事关技术艺术，难以在电话里讲清，所以写作信件发入你的QQ。

我是一个画迷，希望大家予以支持。时间不要紧，我在新的一年里才着手转入肖像油画创作。我正多处寻找合宜的入画人选并拍摄模特肖像，我在油画肖像方面，总想画些好作品出来。

祝愉快！

新年梦《三八敬业美》画展

2016年底我已成为乐清市作家协会会员。从此已有二个头衔——画家、作家。但我新年反思，我一未有画展，二未出文集，实在是愧对二个好听的头衔。真是自夸的王婆，充数的滥竽。

新年到了，还要奋起自强。今年要创作一批歌颂三十六行妇女敬业的美丽画作，开一个《三八敬业美》画展。还要出一本《金安南文集》，把自己的散文及诗印出。

艺术创作源自生活，只有到生活中去寻找题材、故事和人物，才能写出和画出各样真善美的文章和图画。我带着平板电脑去采访、去拍摄、去录音，希望大家支持。也希望诸位提供各种富有美感的照片，提供更多感人的故事素材。

我的散文和油画、彩墨画作品，将陆续在虹桥门户网音乐文学栏目刊出，请网友品鉴和批评。然后，争取在镇文化站和市文化馆展出，并力争新年里印出文集和画集。

梨园跑腿

梨园跑腿记

乐清人对音乐特别有缘，是中国上千个县中取名音乐的唯一的县。虹桥人对戏剧音乐更是特别有缘，不仅乡村祠堂、宫庙里，很多建有古戏台。而且各乡村自设梨园，也就是组织了业余剧团，大演戏文。虹桥镇貌桥北向过去就有广胤宫，中有古戏台。民国时期和解放初期经常演戏。解放初期，虹桥业余剧团组成后就在此演戏。后来，虹桥业余剧园改称虹桥越剧团。广胤宫拆迁后，又在虹桥大会堂演戏。梨园的锣鼓声和琴弦声一直都滐洄在虹桥古镇。

我自少就喜欢热闹，锣鼓响，脚蹄痒，常往戏场里跑。在学校就参加宣传队，常唱歌打快板。到社会后就参加俱乐部、业余剧团，打快板讲相声，编编剧本。业余剧团改越剧团后，我一不会唱戏，二不会拉胡琴，就跟着打杂跑腿。故此，将在剧团的一些打杂琐事写出来，名曰《梨园跑腿记》。

虹桥锣鼓声声

虹桥古镇是一块文化沃土。一解放，1949年11月镇业余剧团就在广胤宫成立了。1950年《火烧赵家楼》剧目就参加了县、地区会演。1951年后，演员达到40多人。演出的剧目有《白毛女》《小二黑结婚》《刘胡兰》《王贵与李香香》《罗汉钱》等。1955年，乐清著名田歌《对鸟》就是剧团季良洪参加省会演的获奖节目。朱琳仙唱《对鸟》获莫斯科青年联欢节一等奖。虹桥民歌歌手倪孔恭、虹桥莲花落歌手温玲菊也唱过《对鸟》。

1957年，镇业余剧团置办戏装开始正式演出越剧名段《梁祝》《红楼梦》《西厢记》名段，但仍兼演话剧、歌剧。

1962年，五四青年节，王文彩、胡亦峰在结婚之夜仍主演《在烈火中永生》，一时传为佳话。

在1963年前，由于我还在读书和机关工作，只是偶尔到广胤宫里、大会堂里看看戏，并未参加剧团活动。到1964年，我辞去机关工作后，才在业余时间到镇业余剧团去“跑腿”了。

记得当时编了《忆苦思甜头字歌》快板，是用“头”字一韵到底，由三村倪友林演出的，反响良好。还有“赌博害死人”等快板。当时剧团团长庄如升让我编剧《血溅白龙山》。有了创作素材剧情，我又找了《白毛女》等剧本，参考这些剧本的分场、对白、唱词，编出了这个七场越剧剧本。由虹桥业余剧团演出后，受到了县文化部门的好评。镇剧团不仅演出现代越剧，而且常演出传统戏曲越剧，活跃了虹桥文娱生活。

虹桥“梨园”的锣鼓自解放初起，一直响到1966年“文化大革命”开始，嘎然而止。1966年8月红卫兵炮轰“封、资、修”，将虹桥业余剧团置办的十八箱戏装、道具运往黄塘溪头焚烧，付之一炬。“黑剧团司令”庄如升只得含泪逃往他乡避难。我这个跑腿的“虾兵蟹将”，那时已经插队下乡，成为农村工匠，远离了红色风暴，与世无争了。

梨园重整行装

“文化革命”折腾了七余年，万马齐喑的局面有了点转机。1972年9月，古装戏《孙悟空三打白骨精》电影上映，在虹中操场上，万人空巷，争相观看。百姓对文娱戏曲的欲求，真是如讥似渴，恰如冬天里的一把火！趁着古戏开禁，虹桥戏迷们心中点起了文艺复兴的大火，又四处置办戏装、道具、灯光。业余剧团此时专学、专演传统剧目《梁祝》《西厢记》《盘夫索夫》《红楼梦》等。就任的虹桥镇领导们也大力支持剧团演出。虹桥大会堂夜夜灯火，古镇上好戏连台。镇剧团邀请了大荆、温岭一些越迷参加剧团，如杨黛仙、骆秀连、筱秀雅等人，都是那时成为虹桥剧团演员，成为虹桥人的。镇里大力支持，还为剧团几位主角演员在集体企业里安排了工作。镇领导还亲自出面，抽调企业里的职工参加剧团的演出。剧团招收青年学员，还特邀杭州、嵊县的越剧名演员到剧团为新老演员教戏。

这时，董德言已到虹桥供销社当主任，他对业余剧团很支持，担任了剧团顾问。庄如升担任了剧团团长。1979年虹桥业余剧团正式更名为《虹桥越剧团》，并经县文化部门核准领到了“准演证”。不仅在虹桥大会堂经常演出，而且还受邀到各乡、各村去演出越剧正剧。

1979年，我已从插队回镇，进入制革厂。业余时间就到剧团里跑腿、帮忙。

1980年，越剧团招了近20名青年演员培训，记得是正式学习《血溅乌纱》《桃花女太子》等剧本。当时的剧本都是油印的，我会刻蜡纸，我就帮忙刻印了这几个剧本。现在主琴欧阳艳斐还保存着这几本油印的剧本。我看到这几本油印本，还能回忆起我当时与这些青年人共同学习越剧唱腔的情景。这些年轻人个个热情洋溢，认真学唱，一招一式，一丝不苟，夜以继日，吟哦不停。经过数月学唱、走台步、念白、舞、打等培训后，1981年秋在县剧院汇报演出。1982年，在虹桥大会堂全县业余越剧团会演。1982年、1983年，虹桥越剧团正式下乡演出，也常在虹桥大会堂演戏。

当时，越剧团下乡演出，碰到了一个难题，就是剧团团长庄如升已经是一个大企业的经理，难以脱身带团下乡。剧团顾问董德言也身负供销社主任之职，不能夜夜奉陪。当时我进制革厂还是一个职工，又逢手工业办事处借调我到办事处临时工作，白天并不忙，晚上比较空。于是，剧团就封我当了副团长，让我这个一不会演戏、二不会拉琴的“跑腿”者滥竽充数，带团下乡。几个月里连续到翁垟、南塘、芙蓉、清江、慎海等乡村去演出。我无非是写写广告、抬抬戏箱、点点人数，前呼后叫。每晚演出结束后，大家收拾好行装，我们先将女演员们安置到村民家休息，我们几个男人就睡在祠堂里的戏台上或房间里，伴着戏箱度过长夜。第二天一早，全团又坐上拖拉机，到另一个村落去演出了。

在这几个月的演出里，大家都很辛苦，也很喜乐，主琴的欧阳艳斐那段时间特别辛苦。其他伴奏的人不少，如拉提琴的、吹笛吹箫的、吹唢呐的、拉板胡的、弹三弦的、敲杨琴、打鼓板的、拉二胡的、拉大提琴的、弹琵琶的……其他的伴奏琴师可以少一个，唯独主琴不可缺一夜。艳斐还兼任出纳，把收入支出理得一清二楚。剧团顾问董德言德高望重，习拳练功，弟子盈门。他在晚上剧团演出时总是来照应，因为那时有个别赖仑，总想在戏场捣蛋。有董老的威望在，演出几个月都是平安顺境。团长庄如升虽厂务繁忙，也经常晚上来团看望，协调解决遇到的问题。他很喜乐，关心体贴每一个演员和琴师，使大家都能安心演出。有董老与庄团长领着，大家齐心协力，总算顺利完成演出任务，我这个滥竽充数的副团长也总算蒙混过关。

未曾偃旗息鼓

1984年，电影电视大发展，剧团戏曲大繁荣，专业剧团频繁来虹演出。当时新电影院建成，舞台新颖，座位高档。业余剧团毕竟胜不过专业剧团。虹桥越剧团1985年也终于停演了。1987年，彩色电影《红楼梦》在虹桥新电影院日夜连放，观众几万人次，收入11万余元，说明虹桥群众对戏曲艺术的深深钟爱，如痴如醉。

可以说，虹桥这块文化沃土上，人们对戏剧，尤其是越剧十分深爱。越迷遍及乡村。在这个越剧之乡里，南岳越剧团仍旧旗帜不倒。剧团里的戏装、道具、乐器仍旧齐整，越剧名段经常演出。

虹桥越剧团几位老演员，如小生演员瞿玉娥仍旧自备戏装，时时上演越剧名段，赢得全国越剧名票友30名荣誉奖。她儿子瞿智慧也传承了母亲的越迷情结，常扮演越剧小生、身边聚集了50余名越迷，组成百花越迷社，号称“虹桥大哥”。他在网上承办全国性越迷会演，一届接着一届。

老演员张碎迪、张碎英姐妹，年已80左右，仍身着戏剧盛装出现在各地舞台上，又唱又舞，潇洒风流。

曾在20世纪80年代参加虹桥越剧团的曹松兰，当时是小青年。而今她是活跃在乐清各地文化舞台上的主要越剧角色。在虹桥、乐成、清江、芙蓉、大荆、柳市各个舞台上，凡是越剧名段演出都有她与她姐曹碎眉的身影。她还常和黄永芬、朱玉芬、崔荷兰等同演越剧唱段，名闻乐清。

在乐清虹桥的文艺演出舞台上，大小文化礼堂从春节起到除夕各种节日的演出，节目中很多内容形式都是戏曲的、越剧的。以虹桥幸福院老人节十二个节目为例，有四个戏曲节目，三个越剧唱段，一个黄梅戏唱段，戏曲节目就占了三分之一。越剧在国庆重阳双节的节目中占比例不少。以主琴欧阳艳斐为主的琴师，为这些戏曲节目伴奏着。越迷未曾偃旗息鼓。

从广义来讲，梨园没有局限于戏曲，凡是文娱演出都是梨园。我碰上一个偶然的机会。2015年7月，电影《花落梦深处》在虹桥小乌石古戏台拍摄。导演知道我曾任越剧团副团长，就约我组织十位有演出经验的群众老演员。我又一次“跑腿”请了瞿玉娥、张碎迪等十人去扮演。大家欣然前往，在梅溪草堂、小乌石古戏台参演了多场电影。在日本兵屠杀我昆剧演员一场戏中，十位群演被安排在第一排、第二排。他们表演出的惊恐、愤怒、悲悯之情，深得导演吴琴赞许。她说：“老阿姨的表演，比我们专业演员还专业。乐清家乡人太令人感动了。”《乐清日报》7月16日曾报道，电影《花落梦深处》杀青，导演吴琴感动落泪。报道中也提到我作为虹桥镇业余越剧团副团长参加了关机座谈会。

电影《花落梦深处》是杭州一家电影公司拍摄的。他们还预备明年再来拍王十朋的电影。所以，我这次在梨园的跑腿，还不是最后一次。我还可能再一次地为梨园跑跑腿，图个老有所乐。

梨园录像记

接着，上演了越剧《祝寿曲》。五对年轻夫妻先后上台，为父母祝寿，他们送上丹顶鹤、书画卷、圆扇、礼盒、首饰盒等礼物，歌颂了孝敬长辈的传统美德。这台戏共有演员12人，个个服装艳丽，唱腔优美，整个舞台非常热闹生动。我所熟悉的曹松兰扮演夫人，演出十分得体从容。还有黄永芬、琼瑶、丹萍等11人都演得十分出色。特别是每个演员的扮相都很俏丽、端庄，演出很成功，令人悦目舒心。

一位男同胞独唱《母亲》，以高亢的男高声，歌颂了我们的母辈，是本次演唱会唯一男性节目，代表了我们男同胞共同的心声。

接着上演的《白蛇传》《四大美女》都十分精彩，都是以越剧来演唱的，越剧是最令虹桥人喜闻乐见的戏曲。这二个节目的演员都穿着正统戏装。之所以戏曲受人欢迎，一方面是唱词、故事情节感动人，一方面是音乐、唱腔悠扬婉转吸引人，还有一个因素是戏装的美丽雅致也很愉悦人的眼球。

尤其是舞台上的帅哥美女，身穿红红绿绿长袖戏服翩翩地拂袖时，这种艺术化的流光溢彩显示了何等的潇洒风流，动人心弦。

接下去的4人穿旗袍越剧联唱也有其特色。《红楼梦·合不扰笑口把喜讯接》的唱段，是由小乌石人方爱飞唱的。她是乐清市越剧大奖的获奖者。她在演唱时虽然没有穿戏装、走台步，但她的唱腔音色亮丽，吐字圆润、激越昂扬，声情并茂，她是以声夺人。后来，她还单独演唱了另一曲越剧名段，但由于我的电脑电量、容量不足，以后的三个节目就没有拍下来，我感到有点可惜。

为了做好录像拍摄工作，我6月间又添置了一台平板电脑，容量增加了8倍。到朴湖越剧班里，拍录了两个优秀的视频，音质特别清纯。因为大众舞台上的演唱，唱戏声一通过扩音器，就有点走调。而在平时练唱时，反而能录到纯净的声音。一段是赵蓓蕾与爱萍的《白蛇传》唱段，一段是马朋林与陈丹萍的《梁祝楼台会》唱段。唱得字正腔圆，我录得也很清晰。老马反复看我录的视频，觉得很满意。他说，我以后唱戏时，你再来录像录音。

我为越剧迷们录像拍照的目的，一为记录他们为艺术而奉献才艺的事迹，二也是为自己绘制真人肖像收集素材。有一本《油画肖像经典技法》里写道，要想画非常出色的肖像画，一定要用摄影质量非常出色的照片。

在梨园里录像很浪漫，在越迷中拍照很温馨。办一个油画肖像画展是我的期盼，在纯洁无尘的网络里办画展，是最理想的地方。

网络，是最美最美的玉宇！

虹桥幸福院赴市演出

为了迎国庆、庆中秋，虹桥幸福院43人赴市南城社区文化礼堂与市苍松艺术团联谊演出。9月22日上午，演出在“黄河大合唱——保卫黄河”的歌声中开幕，30余人雄壮的歌声，使大家能铭记历史，缅怀先烈。倪知耕夫妇献上重唱“藏族人民纵情歌唱”，赢得不少掌声。曹松兰与黄永芬的“满工对唱”边歌边舞，使会场充满了节日喜庆气氛。黄梅戏被两人唱得十分优美抒情，听了令人十二分温馨。越剧是最令乐清人喜爱的戏曲。瞿玉娥、朱玉芬、曹碎眉、崔荷兰等6人联唱了《梁祝》《西厢记》《红楼梦》等越剧的唱段。3对生旦对唱名段，唱、做、念、舞俱佳，兼有欧阳艳斐与艺术团民乐队的伴奏，使大家欣赏到了越迷爱好者的风采。刘华兴等7人的太极球表演，融合太极拳术与太极球术，是一项健身与艺术结合的节目。表演者身段的刚毅和舒展，赢得了大家热烈的欢迎。

市苍松艺术团也表演了快板、京剧清唱、女声独唱、萨克斯独奏、男声四重唱、民乐合奏、舞蹈等精彩、丰富的节目。

在市联谊演出前，市老干部局、市老年协会领导讲话，祝大家节日快乐，健康、万事如意。演出结束后，演员们得到了热情款待。这一次与市苍松艺术团的联谊演出，增进了两个演出团体的友谊，使双方都度过了一个愉快、欢欣的节日。

我爱歌唱，愿和你泛水荷塘

我爱歌唱，我每天都要唱歌。

因为我想写出最美的文章。而最美的散文和诗词就在歌曲和戏曲之中。一个不会歌唱的人，怎么能写出最美的文章呢?

因为我想画出最美的图画。而歌曲和戏曲就是有声的美丽图画。最美的图画，无论是人物、山水、花鸟都是无声的音乐。如果我不会歌唱，怎么能画出最美的图画呢?

所以，我既然非常热爱写作散文、诗词，也非常热爱绘制人物、山水、花鸟，我也就非常热爱歌唱，我就要天天唱歌。

我就诞生在以音乐为县名的浙江乐清市，一个乐清湾边的小渔村。我童年就生活在乐清千年文化古镇虹桥镇的西横街上。我的对门就住着唱乐清民歌《对鸟》的民歌手季良洪，他唱《对鸟》到省里得过奖。我也听过唱道情艺人温岭菊的《对鸟》和道情。她就是我的同学。乐清民歌《对鸟》已经选入中央电视台，名扬五洲。

琴声扬、锣鼓响，我脚蹄就痒。我从小就喜欢听歌听戏，自己也跟着唱歌唱戏。我在学校里、社会上，一直是宣传队、俱乐部、业余剧团的积极分子，会编、会唱、会写、会画。即使是做雕花、画像手艺谋生的忙季，一有空我就要唱歌、唱戏。一生中学过的歌曲不知其数，现在还会唱的也总有几百首之多。很多歌本至今还存着。我信基督教十几年里，也学了不少圣歌，也是中老年唱诗班里的歌手。

歌唱活动，引导对理想的追求。塑造了高尚情操，培养了完美人格。歌唱培养了自己对文学艺术的广泛兴趣和丰富情感。歌唱是极好的自娱，使自己更加开朗、乐观、大方，人际关系更和谐。

据科学研究，歌唱可增加免疫细胞，增强体质。歌唱是人体一次有节奏的体内按摩，是最佳的体育锻炼。我至今虽年过古稀，整个身体未生大病，体质尚佳，是与知足常乐，笑口常唱分不开的。

现在学唱歌、学唱戏，条件很优越了。只要有一个多功能手机，可以点出你学唱的任何一首歌。它可以反复地唱，给你听，给你学。一般歌曲大致五分钟长，一个钟头可以重唱十几遍，还有歌词标出。所以，歌曲、戏曲人人可学、时时可学、处处可学，人人可以学会。

歌曲、戏曲是音乐与文学结合的最简单文化成品。既简单又动听，也非常大众化、普及化。无须高深知识，也不必有精彩技巧。只要会讲话，就能学会唱歌。自娱自乐的唱歌，音带差一点有什么关系呢？当然，想唱美一点，你可以练音。我也试着练练音，常练常唱，也唱得有点像样了。所以，我也参加了幸福院合唱团，成为合唱团里的一名歌手。平时，在老年人聚会时，我也引腔唱上几首，图个老有所乐。

你想做个健康，快乐的人，就从学唱歌开始吧！

幸福老人唱佳节

虹桥幸福院老人庆祝老人节，2015年10月10日下午举行了庆祝大会。200余老人欢聚一堂，自演自唱，愉快迎来传统的老人佳节——重阳节。

虹桥幸福院是全国最早创立的老人组织，建立于1978年，比市老人协会建立还早八年。曾受全国民政部表彰，幸福院院长周贤生曾到北京受民政部领导接见。30多年来，幸福院成为老人们老有所学、老有所乐、老有所为的阵地。这次庆祝演出12个节目，展现了幸福院老人们的才华和风采。

大合唱《保卫黄河》《我们走在大路上》纪念了抗日胜利七十周年和祖国的富强繁荣。30多人歌声嘹亮，意气风发。倪知耕夫妇对唱《西沙，我可爱的故乡》，以优美的歌喉颂扬了美丽的祖国山河。倪知耕还演奏了葫芦丝，那淳朴、悠扬的音乐，听了令人十分舒心、轻松。

虹桥是越剧之乡，虹桥业余越剧团曾名闻全县。这次上演的节目，越剧占了四分之一。原虹桥越剧团小生演员、全国越剧名票友瞿玉娥独唱《梁祝》名段（回十八），她的优美唱腔令人陶醉。6人越剧联唱由越剧班朱玉芬、崔荷兰等人演唱《红楼梦》等选段，唱、舞俱佳，清新婉约，赢得掌声。越剧

《孟丽君游上林》是演出中最吸引眼球的节目。演员身着戏剧盛装，一位皇帝，一位丞相，两人手执马鞭，戏游上林，边唱边舞，潇洒风流。这是张碎迪、张碎英两越迷扮演的。年已80左右的姐妹还扮得如此洒脱风俏，真叫人赞叹不尽。

快板《虹河——母亲河》是金安南自编自演的，快板呼吁大家齐心协力，五水共治，使母亲河——虹河更美丽。快板清脆明朗，句句入心。

黄梅戏《满工对唱》由曹松兰、黄永芬演出。松兰演七仙女，永芬演董永。可以说这个节目是今天上演的最精彩节目。无论是唱腔、台步、身段、动作、神采……都是十二分优美、深情和和谐。

曹玲玲的独唱歌曲《看见你们格外亲》非常激情，把人民群众对子弟兵的爱戴心用歌喉、音乐抒发得淋漓尽致。她的歌声就像蒙古族的女高音歌手卓玛一样，是很昂扬、辽阔的。

太极球、太极拳两项节目是陆金珠等人精心表演的。台上一刻钟，台下十年功，如此刚劲且又柔和的身手，没有长期的锻炼是难以成就的。在《上海滩》似的音乐伴奏下，热烈的掌声是大家对表演者的赞许，也表达了老人们欢度佳节的愉快心情。

越调清雅迎新年

——越剧班汇演侧记

12月30日一早，长山山顶农家乐竹园山庄就乐开了。虹桥镇母亲学校越剧班学员近百人，用一台清雅婉约的越调汇演迎来2016年新年。

在长山顶，古色古香的竹林居里，典雅的宫灯映衬着化妆的学员们，一个个粉面红唇，比平时年轻了许多，漂亮了许多。为了参加演出，大家都穿上了盛装丽服，搭配着五彩缤纷的围巾。几位中青年学员穿得红艳照人，几位老大姐也不示弱，穿着正宗的戏装上场，比试谁更夺人眼球。陶渊明写过一首桃花源里美人多，也比不上今天竹林居里美人多了。唱越调的学员们，比古代美女更加美丽，更加潇洒。

今天来的学员，几乎每人都化妆参与了演出，而且人人都唱越调。23个节目除了一个《五水共治》三句半快板，全都是越调节目。既有传统《梁祝》《红楼》《西厢》《盘夫》等折子戏，也有新内容的越调唱段《唱支山歌给党听》。

节目形成有独唱、联唱、对唱，也有十数人的合唱，参演者中年居多，也有七八十岁的老大姐。八十岁的张碎迪、张碎英大姐返老还童，演技不减当年。也有青年二三十岁者，余碎娇二人演唱折子戏，唱做俱佳，声情并茂，赢得众人喝彩，使越迷队伍青出于兰，后继有人。更有曹松兰、曹松媚、曹碎媚三姐妹同台参演，五人连唱。陈爱凤的《叹月》吟哦有致。崔荷兰是越剧班第一批学员，这次共参与演出了《唱支山歌给党听》《四大美女》等五个节目，是当天参加表演最多的一名学员，过足了戏瘾。瞿玉娥、钱志慧母子均上台表演。唱越剧的学员从2006年十几个人开始，越来越多，她们带来姐妹、朋友、儿子，人数已达171人。最年轻的23岁，最大年龄80岁。越迷队伍越来越壮大，成为戏曲梨园佳话。

全台越调由女主琴欧阳艳斐和四位男琴师伴奏。由全国越剧名票友瞿玉娥导演，由王建萍主持。镇人大、妇联、文化站、老协领导到会祝贺。

越剧源于浙江，流行江南以至全国，是中国第二大戏曲。以乐为县名的乐清人特爱越剧。城乡皆有越调四季荣廻，乡乡镇镇都曾有过业余越剧团。乐清越剧团曾名角辈出，名闻沪杭。至今，乐清仍越迷遍城乡，业余文娱演出中，越调都成为主要节目，为广大群众喜闻乐见。所以，这次虹桥越剧班的演出就特别突出了越调的特色。

想当年，虹桥业余越剧团也曾为虹桥镇文艺演出活跃过。越剧班的骨干中很多曾是越剧团中的中坚，他们仍旧在为虹桥文化古镇的文娱生活而唱着越调，拉着胡琴，为千年古镇虹桥的美丽、和谐，运腔高歌，增光添彩。

在虹桥大乌石村古戏台拍电影

7月3日，我们虹桥业余越剧团人员12人，受电影“花落梦深处”剧组邀请，参加了在梅溪草堂的电影演出。我们扮演围观药铺的乡亲，关切一位老人病危的场面。我们换上老式服装站在药铺外，悲悯关切之情表演得很入戏。导演吴琴赞道，“几位老阿姨的表情表达得太好了”。

7月5日至6日，电影剧组又专车到镇府门口，接我们到大乌石村古戏台继续当群众电影演员。我们10个老年演员换上老式服装后，在演出戏台下观众的一百多人中，始终被安排在第一排第二排显要位置上。我们在看戏台上日本兵逼昆剧演员演出，杀害女演员，逼疯男演员的整场戏中，始终保持表情的惊恐、沉重和悲愤，非常认真、郑重地按导演提示进入表演。暂歇时也没有松弛、讲玩笑。所以，有三四个镜头，导演很满意，一次性拍摄就“过了”，不再重演，有几个场次就重演了三四次才通过。导演吴琴感叹道，“业余剧团的老阿姨们真专业”！副导演连连向我们举大拇指。

为了支持电影剧组的演出，瞿玉娥、张碎迪、陈洁、赵梅君等人还带上自己的戏装、道具，装箱送到大乌石，供剧组使用。等剧组用好后，我们自己去整理、折叠带回。

只要剧组一个电话，我们马上就去配合他们的演出，倾力相助。从参加演出到道具借用，我们全是奉献乐助的。

94岁的董德言，是剧团的顾问，也参加了演出。多日参加演出的还有张碎英、赵黎丽、崔荷兰、王建萍、张田芬等人，年龄都在64至80岁之间了。我们个个老态质朴，皱褶无须雕刻，乌星不劳化妆。使古戏台边上演的家国故事，满有苍桑感，古色古香。

7月14日上午，在电影《花落梦深处》关机座谈会上，编剧兼导演吴琴说："在外地，经常听到的是乐清人很会赚钱。自从到乐清拍摄电影以来，在座的各位和群众演员浓浓的热爱家乡、建设家乡的情怀，让我非常感动。"说着说着，吴琴感动得哭了。座谈会上，市旅游局副局长到市教师乐团团长等人，大家都祝愿电影成功拍摄上映。

事实上，我们这些业余演员，能受邀参加电影演出，又得到导演多次点赞，感到非常荣幸。也祝愿电影顺利放映，能到国际电影节上得奖。我们也等着电影早日放映，看看自个儿在电影中演得怎么样。明年，还要拍《王十朋状元》的电影，我们还有机会再在状元电影里扮个角色，在参加拍摄电影当中得到艺术享受，老有所乐。

越剧情缘六十年

——记越剧名票友瞿玉娥

来到虹桥镇东街瞿玉娥家楼上，看到玉娥获得的演出奖状二十多张，金奖、银奖、铜奖的奖牌十多个，还有四个奖杯。最近获得的荣誉奖是，2014年6月《相约越乡》全国越剧名票友荣誉奖，该奖由中国越剧戏剧家协会颁发，全国仅30名。瞿玉娥获得该奖，是对她六十年越剧情缘的表彰和肯定。越剧是中国一大剧种，是世界艺术长廊中独树一帜、遍布中国及世界的戏曲。越剧走过了百年历史，而瞿玉娥就伴随了她60年，这一路风风雨雨地走来，实在是不简单。

1953年时，瞿玉娥13岁。她对越剧戏曲很是热爱。那时还没有电视机、电影。除了过年边镇上宫里演戏外，平时的戏曲音乐只有吊在灯柱上的喇叭中才有播放。当喇叭里响起越剧戏曲时，玉娥就立在喇叭下仔细听，并跟着学唱。这个痴迷越剧的女孩，常与灯柱喇叭作伴，聆听熟记那优美委婉的唱词。凭着她会唱唱越剧段子《擂鼓招亲》《兰贞别夫》《梁山伯祝英台》《三盖衣》《三看御妹》。虹桥业余剧团就让她上台唱唱越剧段子。还参加讲快板、相声，演话剧、歌剧。随着年龄的增长和演技的提高，玉娥能唱、能做、能念、能舞，戏曲表演十分出色。玉娥就成了虹桥业余剧团的骨干。15岁唱到75岁，唱越剧就唱了60年。

至1957年，虹桥业余剧团置办了戏装，能正式上演节子戏。玉娥就上台演生角。那几年，虹桥业余剧团在虹桥河边的广胤宫里演出的剧有越剧、话剧、歌剧。但越剧较多，因被群众喜闻乐见。内容有现代的，也有传统的。如《白毛女》《火烧赵家楼》《小二黑结婚》《王贵和李香香》《罗汉钱》，还有《梁祝》《西厢记》《红楼梦》《三看御妹》，等剧本。剧团在解放初期由几十人发展到一百余人。广胤宫在20世纪50年代后期因集镇整顿市貌拆除后，虹桥镇在六村建了大会堂，剧团的演戏转到会堂。每逢元旦、春节、三八、五一、五四、端午、中秋、国庆等节日，虹桥剧团都有节目上演。每一台戏必有越剧的戏目，也必有瞿玉娥的登台。她的越剧表演越来越成熟。

正当瞿玉娥进入青春期，越剧越唱越精彩时，“文革”风暴骤起，虹桥剧团18箱戏装道具被红卫兵运往黄塘滩头烧毁。传统文艺被当做“四旧”破了。这真使瞿玉娥伤心。1966年起，剧团停演多年。直至1972年，戏曲艺术又重新上演。先是革命样板戏电影放映。京剧《沙家滨》《红灯记》《智取威虎山》《红色娘子军》《龙江颂》《海港》《杜鹃山》《奇袭白虎团》，放映彩色片。这时，虹桥剧团也得到恢复，可以学唱现代样板戏。接着《孙悟空三打白骨精》也放映了。于是虹桥剧团的戏迷们，也就着手重整戏装、道具、灯光。瞿玉娥和虹桥剧团的演员们，兴高采烈重新登台演出越剧戏曲。

1973年，虹桥剧团在团长庄如升，老团员季良洪，倪孔恭、尚宝良、瞿玉娥、张碎迪、张碎英、欧阳叶飞等人的积极筹备下，又邀请了大荆等地的杨黛仙、骆秀雅、盛秀雅等演员参演，在虹桥大会堂不断演出越剧正剧。瞿玉娥演生角，杨黛仙演旦角，骆秀雅演小旦，盛秀雅演丑角。欧阳叶飞主琴。虹桥会堂从此锣鼓不息，好戏连台。虹桥剧团还被邀请到四乡演出，还曾到永嘉慰问演出。剧团不仅演出正剧，而且为了增加戏出剧目，还随时增演“路头戏”。即利用小说本、故事书，随时变换剧本，剧名、主角名字、情节，以应观众之请。这对玉娥、黛仙这些主角演员是个挑战，但她们因熟悉了越剧的唱、念、做、舞程式，皆可得心应手。这些戏大都是“才子佳人戏”，基本情节都离不开“才子落难佳人恋，私订终身后花园，寒窗攻读求功名，上京赶考中状元。状元本是忠良后，当朝奸臣来陷害，万岁英明辩是非，忠臣合家得团圆”。这些戏勉励读书立志，歌颂忠孝节义，受到观众的喜欢。

1974年起，虹桥剧团为了培养接班人，多次挑选培训青年演员。瞿玉娥这些老演员不仅坚持业余演出，还热情带教青年演员，为虹桥业余剧团培养了新生力量。剧团也聘请了嵊县、杭州老师来教戏。改革开放初期，群众对文娱戏曲演出十分渴求。虹桥剧团在当时镇政府的重视下，演出非常频繁。

1979年，剧团正式改名虹桥越剧团。经县考核合格，发给准演证，下乡演出。还多次代表县委、县政府深入革命老区永嘉等地慰问演出，把戏曲送到深山冷岙，受到了老区、山区群众的热烈欢迎，盛情接待。回家时，老区群众还送每个演员粽子麦饼，表达他们的深情。

1981年1月，虹桥越剧团在县剧院汇报演出。1982年12月全县农村剧团在虹桥大会堂会演，盛况空前。后来，随着电影、电视和专业剧团、歌舞团的发展，虹桥越剧团的演出到1985年逐渐停止。但是，越剧团的老演员瞿玉娥、张碎迪、欧阳叶飞和部分新演员对越剧的情缘依然存在，仍在不停地演出。虹桥的越剧教唱仍方兴未艾。

瞿玉娥等人不仅在本地节日庆祝演出中频频演出越剧节目，而且参加了全国各地甚至网络上的越剧迷演出活动。

1995年5月，她在上海参加《今日群星戏曲大赛》获得歌手奖。

2010年1月，她在香港《国际紫荆花奖艺术大赛》上，获得越剧组大金奖。

2010年6月12日，她的《黄三嬢拜亲爷》节目摄入中央电视台《乡村大世界》综艺节目。

瞿玉娥从事60年的越剧情缘，她的儿子钱智慧也传承了。钱智慧，乐清市百花越迷社副社长。他的身边聚集了50余名越剧迷，号称越剧“虹桥大哥”。他还连着承办了三届全国性越剧票友《网络房间》会演，取名《安客秀》。2015年2月10日，第三届会演在柳市新新雅假日大酒家演出。

钱智慧打开了电脑画屏，我看到了画面上，他母亲瞿玉娥正在演出越剧《祥林嫂》。她扮演的祥林嫂，正在演唱根据鲁迅小说《祝福》改编的越剧名段。瞿玉娥塑造了祥林嫂热爱生活，但命运悲凄的形象，唱腔清亮哀婉，恣态做念俱佳。我看了瞿玉娥多少次的越剧演出，都是以小生的形象出现的。她扮演的一个个书生，都十分地温文儒雅，潇洒动人。不想玉娥人到老年，扮演老旦角色，竟也如此投入贴近，委婉抒情。可见她这位越剧名票友，梨园老将，宝刀不老也！

2014年，瞿玉娥被评为“全国越剧名票范派专场”三十强。2017年还受邀参加全国越剧票友会演。

我爱上无伴奏唱歌

2015年，我被市宣传部评为“乐清市老有所为之星”提名奖，是因为我会写作、会绘画、还会唱歌。我提倡老有所学，老有所乐，应当在“琴棋书画演唱诗文”八个方面。

在“唱”方面，我多年探索无伴奏唱歌、唱戏。我客厅墙上挂着中央电视台春节晚会无伴奏歌曲《让爱住我家》。那是2004年春晚节目，由夫妻与女儿3人登台演唱，歌声特别清晰，歌词尤为纯粹。当时我听了，印象非常深刻，心灵无限感动。就马上将歌词写下来，印出来，挂起来。这一挂就是12年了。这就是我家的家风，我家的家训，我一家的座右铭。我一家四辈人了，一家人的和睦相处，与这首歌词无形中的熏陶分不开。

无伴奏唱歌唱戏应该提倡普及。这是一种最简单、最节约、最随便、最高尚、最艺术、最文明、最环保、最通俗的娱乐方式，人人可学，处处可行。

1月9日上午，我到乐成参加一个800余人的宴会，中午开宴时，我没有任何伴奏——没有钢琴、没有胡琴、也没有放录音带，只有一个话筒应邀唱了《我的中国梦》。全场毫无杂音，只有我的歌声，在整个大厅回旋。我觉得这是一次最舒畅的放歌，最无拘的抒情，最自然的颂赞。

我的妻子与我一起参加了这次宴会，她对我说：“这次，你的歌唱得最清了”。我在800余人的盛宴上，能成功地唱上一首无伴奏歌曲，心中也很高兴，虽然没有当过歌星，也过了一把“歌星”瘾了。

我平时很喜欢学唱张明敏唱过的歌曲“我的中国梦”之外，还有《我的中国心》《垄上行》《外婆的澎湖湾》《一剪梅》等，我的新年梦，不仅有文集、画展，也有一台无伴奏歌曲的演唱会，这是很难兑现的一个幻梦，虽然很美。

金猴书法祝贺

——虹桥门户网庆祝十六周年

2016年8月10日晚上，虹桥门户网举办庆祝十六周年晚会，网友约500余人共庆。节目丰富多彩，热闹喜庆。我受邀上台作书法表演，当场书写祝贺作品。同时同台的还有古筝弹奏，画家赵伯辉绘荷花油画致贺。

门户网的周庆花絮里，介绍我为“老网友”、“艺术家”、“书法家”、“老先生”，备受尊崇。今将书法作品和晚会照片列此，以作纪念。多谢诸位网友和虹桥门户网的关爱和抬举，多谢了！

虹桥门户网，就是我们虹桥的日报，就是我们虹桥的电视台，我们大家都要来呵护它，关怀它，让它风华更茂！

参加了这次晚会，还知道网站是“宝鑫小相公”创办的，这是伟大的创举！为虹桥做了一件大公益、大好事，不仅虹桥的青少年应当感谢您，我们虹桥的老一辈也应该向您说一声：谢谢！祝虹桥门户网越办越好，更加欣欣向荣！

家园纪实

二位父亲

我有两位父亲——一位海边的父亲，一位镇上的父亲；一位生我的父亲，一位养我的父亲；一位我很陌生的父亲，一位我很熟悉的父亲；一位父亲，我只能用很短的篇幅来写他，一位父亲，我得用较长的篇幅来写他。

1944年春，3月18日申时，乐清湾畔，乐成镇城南南草坪百岱陡门边，我出生在3间低矮的茅房里。我的父亲薛亦林，母亲徐氏，在我之前已有我的大姐、大哥、二姐、二哥4个孩子。父亲的三间茅房就搭在陡门边，他以看守陡门为业，还种着几亩海滩田。过了两年，我的妹妹又出生了。一共6个孩子，生活的重担使我的父亲不堪重负。1946年，我一个堂姐已嫁到了虹桥镇，做缝纫手艺。她了解到虹桥西横街一户人家，夫妻俩没有孩子，人已中年，就介绍我父亲将我过继给他。南草坪家中生活是如此的穷苦。到虹桥镇西横街去是享福啊!父母是怀着这样的心情将我送人的。不到二周岁的我，对送人是全然蒙昧无知，没有留下一点点的记忆和印象。

直到30多年后，我已结婚了，孩子也长大了，而且也对自己的身世有所了解，也能正确地对待了。很自然地，我带着妻子，带着孩子，回老家看望我的亲生母亲，也为亲生父母画了肖像画。我还常去看望我的大哥、二哥、四弟、五弟、六弟，还有大姐、二姐、三妹，以及他们的每个家庭。

我的亲生父亲晚年生活很幸福，下辈多，都很孝顺，一直活到83岁才去世。我的亲生父母去世后，我依旧和自己的亲兄弟姐妹有亲密的来往。

我养身的父亲，他坎坷的一生，令人唏嘘不尽。他享寿86岁，到解放时恰43岁，他的一生，一半生活在解放前，一半生活在解放后。解放前，他生活在苦难中；解放后，他生活在风雨中。我愿用朴实无华的笔调，记下我父亲的苦难风雨，纪念深深地挚爱我的父亲。父亲金明巧，1906年在岭底乡上东田村出生，东田村住于虹桥白龙山后西北角，约五里山路的深山里，是现在淡溪水库北面的一个山村。家中赤贫，9岁时就失去母亲，11岁时又失去父亲。一个哥哥出家了，一个妹妹送到南充做了童养媳。父亲11岁失去父母后，到介屿村舅父家去为他牧牛，过了几年，不料又碰上虹桥发大水，洪灾令舅父家也难以收留他这个无依无靠的孤儿。

1924年，父亲在苦难中熬到18岁，就跟地方上的人到了上海，当了抬班，在上海滩码头上搬运货物。那时，上海已经成了一个与外商进行贸易的城市，外国的货轮载着各种工业品、日用品，到了上海，需要在码头上卸下。但当时的码头还是很落后的。一般都是在码头与轮船之间搭上一块木板，由码头工人将各种货物扛上码头。父亲出身山区，走惯了陡峭的山岭。身体也健壮，在码头上能身背二三百斤的货物包上下码头，所以很得包工头赏识。当时码头上，工人有宁波班、温州班的竞争，还有帮会的斗争。由于父亲是个老实人，凭力气干活，终于在上海做了十几年苦力，也积了一点钱。

1937年，日军侵略中国，11月战火烧到了上海，父亲见上海不平静了。就离开了上海，回到了温州。那年他31岁。仍旧在温州码头做搬运工，凭着一身的力气挣饭吃。那时，温州也已成为大码头。

1944年9月，日军侵入温州，战火蔓延，温州又不平静了。这时，父亲39岁，已与温州母亲结婚。温州母亲当时41岁了，已有二个女儿，丈夫失去，就嫁给了父亲。父亲人到中年，孑然一身。经人撮合，接受了一个寡妇。他向往着平静的生活，1945年，就带着温州母亲退到了虹桥镇，在虹桥西横街定居。

1946年，父亲与母亲租住虹桥镇西横街，父亲做粮贩，还包了虹桥区小学食堂的饭。虹桥区小办在沙河。当时还把南充的姑母和姑丈接来一起做事。就在1946年，我父亲经过我堂姐介绍，接受了我。我姑妈当童养媳后，一直没有生育。我父亲与姑妈俩家人，没有生过后代孩子，对我是十二分珍惜，非常的疼爱。据我老家人回忆，当时西横街的父亲给了南草坪的父亲七枚银元，说定不能来相认的。自此，我也就生活在西横街父亲一家人的呵护中，渐渐长大。

父亲避开了上海、温州的战火，到虹桥寻求平静安宁的生活，谁知遭遇了一次人生的大患难。1948年，父亲用一生的积累购买了西横街一间楼房。终于在中年时有了一间自己的房屋，也有了一个自己的家庭，房子、妻子、儿子都有了，但是一份大劫难降临到了他身上。

1948年10月，国民党浙保四团二营营长丁昌周，率第七、八、九三个连进驻虹桥倪宅、周宅，专事“戡乱”、“清乡”，围剿共产党的游击队。丁昌周部下捉到一个游击队的嫌疑犯，经过刑讯逼供，该人被逼承认自己是“三五”交通员，他又供虹桥镇上认识的人中有“金明巧”。国民党查到金明巧是岭底乡东田人，是游击队根据地泽基邻村人，又做粮贩，当即将我父亲逮捕。他们对父亲施以各种酷刑，坐老虎凳、电刑、陪毙。将人电晕过去，又用水喷醒，逼他承认自己是‘三五’交通员用粮食供应游击队。还要父亲供出虹桥还有那些人是游击队交通员。我父亲是只喊冤枉，自己虽然是东田人，离开东田已数十年。又怎么入游击队呢?当时西横街人联名按指印担保，还有我父亲当时已信了基督教，基督教东街教堂信徒也联名按指印担保，我父亲才得到释放。此后到上海医伤，回虹桥后依旧做粮贩。

1949年5月虹桥解放了，父亲43岁，终于度过了苦难的半生。那年我虚龄6岁，温州母亲45岁，一家人终于离开了旧社会，但是，风雨没有消失。

1951年里，父亲又被土改工作队叫去，说他收了地主的黑粮。我姑妈闻讯，就去找了堂房大姑妈在市公安局工作的儿子，他就出面对土改工作队讲，我舅舅解放前被国民党抓去受刑，说他粮食贩给游击队。现在你们又说他收地主的黑粮，他是做粮贩生意的，你们不应当抓他。工作队就放了他。

1952年，我的温州母亲患重病逝去了。为了不使幼小的我失去母爱，父亲决定续娶李宅的母亲。由于我年幼无知，当时以为温州母亲是我亲生母亲，与我父亲大吵了一场，要去石埭山坟前哭。经姑妈等人的劝止才歇了，也接受了我的李宅继母。

我仍旧与温州的大姐、二姐常有来往。我大姐住在东门外，是做小贩的，叫阿香，子女多。她的大女儿叫阿眉，有几年到虹桥住在我家陪我去小学读书，后来回温州嫁人了。我二姐住在西角，在菜场做生意，姐夫叫阿进。二姐的儿子结婚，我也到温州西角吃过酒。我和父亲、继母一起去。大姐的儿子结婚，我也去吃过酒，也和父亲、继母一起去。还有我大姑丈的儿子在温州工作，所以温州亲戚很多。我一家常常到温州走亲戚，又常常到温州进货。

自此之后，忠厚的父亲改行做棉花生意。家里办了弹棉机，继母踏弹棉机。父亲到温州进来一船船大捆棉花包，每包都重200来斤。我父亲到船里搬棉花包时，把200来斤的棉花包扛在背上，一个个背回家里。后来，国家对棉花、棉布等物资实行统购统销，棉花店只得关闭歇业。商业合作化时，西横街我家的店又办了供销社的旅社。我一家曾搬到貌桥头去居住。后来我父亲又购买了一间楼房，也被迁到金沙路去了。由于商业合作化，我西横街的店面也失去了，变成公家的店面。我父亲后来当过介绍所经理，公社化时当过打绳厂车间主任，食堂负责人，食堂解散后，当过副食品店经理、营业员。

1964年，县里大搞阶级教育，组织了一个阶级教育展览会，由县文化馆倪亚云先生等人负责用图纸、雕塑、摄影等宣传一批忆苦思甜典型。由于我父亲解放前被国民党用过刑，因此被搞了一个雕塑。那时周明心、周方德都参加了美术创作，我也为此到县里参观了展览，也体会到新社会总比旧社会好。

1966年，父亲年龄60岁，就退休了。我当时也已插队，并自学了雕花、画像。我一家失去了西街的店面，就住在金沙路24弄。一家人在“文化大革命”十年里，远离了红色风暴。年迈的父亲，退休后热衷于信耶稣的宗教活动。平静地度过了他的晚年。

1979年，我插队回镇被安排在大集体乐清制革厂，60岁后也得到了一份退休金。

1992年，我父亲86岁去世。我终于在他留给我的楼房基础上，建成了二间四楼水泥钢筋楼房。经过逐年装修，一家十口人住得很舒适，生活很幸福。

至今，我书房挂着父亲和李宅母亲的肖像。我父亲的坟墓是三人一圹坟，是他与温州母亲、李宅母亲的坟墓。每年清明，我没有带鞭炮，也没有带鲜花，我只带着我虔敬的心，扫净这深藏厚爱的坟墓，祭奠我深爱的父母，年年如此。“生身父母千斤重，养身父母重千斤”，我觉得这句话是很有道理的。凡是关爱过我们的长辈，都应该得到我们的孝敬。

三位母亲

1952年，我9岁。一个秋天的下午，父亲与我从温州乘船回家。船载着我病危的母亲，她在温州医治无效，正回家途中。那时汽车班车很少，温州到虹桥都是乘瓯江海轮，再改乘大河快船。快船过乐清后，天色变暗，风雨交加，行船艰难。到大林河道时，风大雨暴，船体被风浪左右掀摆，那时快船还是用人划动的，因此难以划动。那夜只得上岸，在大林一家熟人家中寄宿。次日才回到虹桥西横街家中。过不了几天，母亲气绝，埋葬在镇西的石埭山坳。送殡之后，我就一直沉浸在丧母的悲哀之中。

古街哭母

浙江省乐清市的“浙江三桥”千年古镇虹桥，坐落在中国十大名山雁荡的南边。上有四都、淡溪之水流入虹河、金沙河。西横街，这条300余米长、4米宽的千年老街，东接虹河，西接金沙河。街东头，新市虹河中有古老的文昌阁。文星桥边有关爷残庙，被日本兵烧毁的；还有抗倭而造的忠勇祠。镇武街后巷，有接待寺。街西头，金沙河边，竖立着倪姓上代留下的贞节牌坊。古国儒教的忠孝节义伦理，不仅印在初小的语文课本中，使我们幼小时就常常念诵。还耸立在古街的首尾，伴随着我的早晚晨昏，融入我幼小的心灵。

幼年的我在西横街度过，礼拜天又跨过古老的虹桥，一座六百年前，用赭色石板筑成的石板栏杆桥，到东横街尽东的耶稣堂，随我解放前就信耶稣的父亲去做礼拜。“当孝敬父母”“要彼此相爱”，牧师的诵经声，唱诗班的圣诗声，时常回荡在童年的耳边，渗透进我的心间。

古镇虹桥，是一块传统文化乡土文化的沃土。

中外文化中的伦理意识，熏陶了童年的我，但我那时还是很幼稚而且朦胧的。当我听邻舍告诉我，“你父亲娶后妈了”时，我模糊的忠孝意识和丧母悲情被激发。9岁的我竟痛哭失声，在西横街上狂奔，越过金沙桥边的贞节牌坊，向西奔去，想要到石埭山母亲坟头去哀告。结果当然是被邻居们抱住了，劝止了，送回家了。从此，我就成了西横街上一个有名的“孝子”，多年来，被街坊邻里街谈巷议时，交口称颂。

十几年后，我第一次以“准女婿”身份拜访未婚妻家时，未来的岳母告诉我：“安南，你从小就是个孝子，在西横街很有名声的。把女儿许配给你，我们放心。”这句话也促使我与妻子信守一生，迎来金婚。

归侨继母

古街哭母后，在众人的反复劝导下，我也终于心甘情愿地接受我的继母。而且明白，要行孝道，不能反对父亲的续娶。孝敬继母和父亲，才能使我的孝道成全。有一天，我就顺服地同父亲一起，到李宅继母家中，看望继母。当时，我父亲已46岁，正值壮年，我继母正35岁。她曾随丈夫出国印度尼西亚棉兰。丈夫在国外逝去，前几年，就回家寡居。她是一个裹足少妇，白净、瓜子脸，人很温柔和气。没生过孩子，所以很喜欢我。她为我煮点心、做饭，为我洗脸洗足。她轻抚我的手足，使我重温了母爱。当晚我就在她床上睡着了。过了好几天，她就和我一起来到西横街的家中。父亲很高兴，遇人就夸我是最懂事的孩子。

继母与父亲结婚后，处处关爱我。我的衣着在学校里在街上，总是最新最洋的。我的菜肴饭食，总是最可口丰盛的。我在小学里中学里，十分活泼听话，也被老师所喜爱。让我演小白兔、唱歌、跳舞、进宣传队，演节目，进美术小组，绘画。进入初中时，我有点懂事了，听我父亲的话，不再叫继母为“婶婶”，改口叫“妈妈”。这使我和她的关系更亲近了。

当时，父亲开棉花店。棉花包从温州用船运回家，要用弹棉机弹细，才可卖给人纺棉纱，制成土布。或者将弹出的棉花制成棉胎，售给人家放入棉被中。继母不仅忙做家务，还不辞辛劳地脚踏弹棉机。到忙季还得请帮工。后来父亲与她进入打绳厂，她在打绳厂里打绳，很辛苦，手都裂了，就用胶布粘着。她还在家养了几头猪。有一年，因她劳动积极，还被县侨联评为归侨劳动模范，到乐成开过会，受过表彰。她评上模范，使我感到也很光荣。这种模范意识传给了我，使我以后在学校里、在社会上也处处有争做模范的思想，不愿意落在人后，事事要争先进。

她有很多从印度尼西亚带回的洋装照片，很时尚的，摄影水平很高，彩色，将她拍得很美。当时虹桥照相还只有黑白。

所以我很喜欢这些外国摄影肖像作品。对我学习美术，启迪不少，使我的美术爱好更上一层楼。对我以后从事肖像画绘制，是个影响深远的决定性因素。

亲生父母

我16岁，在雁荡中学读高一时，才明白，我死去的母亲，不是我的亲生母亲。有一天，我的二哥来到雁荡中学，告诉我："你的真正身世。是乐成南草垟人。解放前3岁时，送到虹桥西横街，成为金家的义子。"我原名薛正雷，是薛家的第三个儿子。只因家贫子女多，才使我有此变故，从乐清湾边来到虹桥镇。

南草垟，乐清湾边的一个渔村。我父亲薛亦林，母亲徐氏。当我出生时，1944年，已有三子二女。他住在海边三间平房中，以看守陡门为业。陡门外，就是浩瀚广阔的大海。多子女、贫穷使他不堪重负。就托付到虹桥做工的我堂姐，寻一个好人家将我送了。

闻此信息，使我思绪万千！我最孝敬的父母，竟不是我亲生的父母！我亲生的父母，竟与我是如此陌生而疏远。

我这个头戴"孝子"光环的人，竟有三位母亲！我如何面对这人生的突变际遇！我从书刊中寻求答案，我从经典里深觅对策，我从现实中考虑前途。我惦量着三位母亲对我的爱：生母之爱，分娩之苦到3岁，割爱送人；义母之爱，3岁到9岁，百般宠抚，视若亲生，无奈重病离世，难舍难分之爱；继母之爱，中年得子，胜过己出，终身相爱，再无他心。

在幽静高洁的名山中，在雁荡高中学习的一年多里，我博览群书，上下求索，探问训诲和教导，辨别是非和方向。我思思想想了一年多，热泪常常盈眶：我得到的母爱真是太丰厚了！母爱，别人只得到一份，可是我却得到三份深厚的母爱！

义父义母

我义父金明巧，原籍乐清县岭底乡上东田村人。11岁就失去父母，为人牧牛，家中赤贫。他青年时到上海码头做工人。因日本侵略上海，就转到温州码头做工人。在温州，他和我义母结婚。我义母嫁给我义父时，两人都已中年。所以两人结婚后，没有生育孩子。后来两人从温州迁入虹桥定居时，膝下无子女。义母前夫的二个女儿都已在温嫁人。

1946年时我虚龄3岁，足岁2岁，还蒙昧无知，就被送入虹桥金家，义父给了薛家七枚银元。义父义母接受了我后，如获至宝，对我非常疼爱。当时义父做贩粮生意，又包了学校的食堂，生意很忙。义母是寸步不离、无微不至地关爱我、养育我。又带了温州大姐的女儿来看护我，甥女比我大2岁。像小保姆一样跟着我、护着我。如果她不护着我，惹恼了我，就会被义母责骂，甚至打屁股。但义母对我，永远是轻声细语，从未呵责过，她软婉的温州腔，特别柔和暖心，令我永久不能忘却。我一生对人讲话，也从来是轻声细语的，这是她传承给我最宝贵的财富。

义父义母在虹桥定居，原来是租西横街人屋住。到了1948年购买了一间西横街屋。也就是这年，原籍山头乡的义父遭到国民党的迫害，被国民党抓去受刑、坐老虎櫈，陪枪毙，逼他认自己是共产党“三五”交通员、粮站。我义父坚不承认，也的确不是，他是基督徒。后来，全西横街邻居按手印，虹桥基督教教友按手印，将他保释出来。出来后到上海疗过伤。

义父受刑，令义母和我担惊受怕。义父总算放出来了，一家人总算平安。解放后，义父还是做粮贩。土改时，又被土改工作队叫去，说他收藏了地主粮食。我有位表兄在县公安局工作，他对工作队说，我舅是做贩粮生意的，国民党抓过他，共产党不能抓他。后来就放了他。此后义父就改卖棉花了，开了棉花店，从此生活总算安定了。但一生饱经忧患的义母，却中年离世了！

我有三位母亲，二位父亲，他们的生活道路是多么曲折坎坷，艰难重重；但他们对我的爱，是何等的深沉淳厚，温馨和煦。他们宁愿自己背负生活的千斤重担，却不使我受到丝毫的委屈伤害。

这一生中，既然上天赐我以厚爱，我心里也就决定回报给所有的人以厚爱。

四世同堂

我高中一年级后被“下放”回家，后来学校又通知我回校读书，我当时反复思量，决定不回校。回校读书再上进，可能会“远走高飞”，离开家乡。为了不远离我的义父继母，我也不追求飞黄腾达，也不梦想高官厚禄，也不贪图高文凭高学历，也不希冀荣华富贵。我就在虹桥就业上班，以便在他们年迈时照护俩老人。在机关工作后，我又被单位下乡插队，我第二年就回镇做雕花、画像手艺谋生，在家中与父母一起生活。

那时义父继母开店营生。当我20岁时，就为我张罗娶妻。

在我结婚时，为我购置了一张高屏风的大红床，是当时最美观时尚的家具。他俩为我举办镇上最热闹的婚宴。办酒十几桌，宴请邻居亲戚。还为我抚养我的二子二女。继母常背着我的孩子做家务，踮着小脚包揽家中的家务，又尽力照护我年迈的义父，辛苦操劳一辈子，好让我夫妻俩做雕花画像赚钱。几十年来，我一家人彼此相爱，始终和睦生活在一起。三位母亲中，继母与我一家共度的时光最漫长，达46年。到我外孙、外孙女、孙女出生，成为太婆，四代同堂。

1992年，我义父重病卧床，我和继母始终守护在他身边。在他安葬后，我开始建造二间四楼新房。继母与我们共同生活到1998年，春节后在我隔壁的新房里，我的身边安祥离世。我将义父继母先后安葬在义母坟边。每年清明时，我没有带鞭炮，也没有带鲜花，我只带着我的虔敬心，扫净这三人合葬、深藏厚爱的坟墓，祭奠我深爱的父母，年年如此。

我结婚后，很自然地带妻子经常去南草垟，看望我的亲生父母亲。也为亲生父母画了肖像画。我还常去看望我的大哥、二哥、四弟、五弟、六弟，还有大姐、二姐、三妹。以及他们的每一个家庭。我的亲生父母去世后，我仍旧和自己的亲兄弟姐妹有亲密的来往。

“生身父母千斤重，养身父母重千金”，这句话是很有道理的。在这个世界上，不论生身的父母还是养身的父母，还是关心爱护我们的长辈，都值得我们去尊敬、去厚爱，这才是真正的孝道。

在我书房中，悬挂着的父母遗像，是我义父继母的，是我亲手画的。他俩关爱的目光，微笑的慈容，永远伴随着我，与我一家人在一起。乐清电视台来拍我与妻子徐竹莲的金婚故事，摄像机把父母为我置办的大红床摄入镜头，也将我父母的肖像摄入镜头，在乐清电视新闻频道里播放多日，这使我一家人都感到很欣喜。

我还应邀参加了市里举办的首届《印象金婚纪念盛典》，收到市里赠给我俩老的奖杯、奖状、礼包、纪念影集、鲜花。

今年，我外孙女结婚后，也生了个宝宝，我自己俩老也成了太公、太婆，也是四世同堂了。

这三位母亲的亲历故事，地域直跨瓯江两岸，乐清南北，从乐清的乐清湾边到千年古镇虹桥，又到雁荡山麓。随我父母的脚迹，甚至南跨国界之外，直达印度尼西亚棉兰，北越省界之上，到十里洋场上海。时域几近百年。我义父86岁逝世，时1992年，若将故事的时间写上今日，已逾百年了。

在三位母亲的亲历故事中，没有什么丰功伟绩可歌可颂，也没有什么英烈名人值得载入史册。我们的生活就如乐清湾里的一滴水。我们的亲人就如雁荡山下的一颗草。但我们在雁山乐水间流淌过，生长过，我们和乐清百万乡亲一样，彼此相爱过。所以，这个最平凡无奇的故事也值得记载。

南充娘

南充娘，就是我住在岭底南充的姑妈。我们乐清人，叫姑妈都叫阿娘，住在南充的就叫南充娘。南充娘是我父亲的妹妹。解放前，只因家中贫穷，兄妹三人年幼失去父母。父亲的妹妹只6岁就送到岭底南充当了童养媳。从父亲住的上东田到南充，要翻过高高的仰后岭。南充娘从小到南充当童养媳后，就很少回东田了。因为，我父亲青年时就到上海当了码头工人，我父亲的大哥出家，东田村再也没有她的亲人了。

南充娘成年后，与南充后山陈永丰结了婚。姑丈陈永丰是老实人，话语不多，种地、砍柴，平时跟人练练功夫。他与南充娘成亲后，没有孩子。20世纪40年代里，泽基、张庄、南充不少人参加了抗日游击队，游击队的领导人邱清华、黄义桃、周丕振、叶龄银常在南充活动、住宿。就在黄义桃纪念文集中，黄义桃回忆过邱清华、叶龄银和自己在南充前山陈立业家中住宿。陈立业是我堂房大姑妈的儿子，家中是游击队交通站。黄义桃写道："在泽基、南充、张庄等村，我们几乎每家都住过，吃过。但在南充住的时间最长，住过的同志最多。"南充娘曾说："我家靠南充后山，老邱（清华）黄义桃等人常住我楼上。有点响动，他们就能马上撤到后山上，一直很安全。我家没有孩子，他们也方便。”

由于南充、泽基、张庄群众对共产党游击队的支持，国民党顽军调集6000兵力，于1945年4月14日分路包围三个村庄。游击队闻讯已撤走。顽军扑空，竟抢走群众大量财物、牲畜，放火烧掉三个村庄的2000多间房屋。妄图采取三光政策，消除游击队的生存条件。当时，我南充后山姑丈的房屋也被烧掉了，支搭草棚，难以藏身。所以，1945年我父亲自温州回虹桥定居后，就把姑丈姑妈接到虹桥西横街一起做粮贩生意，在虹桥区小学校食堂做事。南充娘好几年在我家做事，那时我3岁，1946年也已成为父亲的养子。南充娘照料我，待我似掌上明珠。

1948年10月，国民党浙保四团营长丁昌周，率三个连进驻虹桥，专事“戡乱”，围剿共产党游击队。丁昌周怀疑我父亲是岭底东田人，粮食贩运给游击队，就追捕了他，对他施以各种酷刑。我父亲是只喊“冤枉”，自己出外到上海、温州已几十年，又怎么入游击队呢？当时西横街人姚康民当过远征军军医，他与西街人联名按指印担保，父亲才得到释放。

在这些担惊受怕的日子里，南充娘在我家安慰我母亲和幼小的我。后来，我父亲曾到温州、上海医伤疗病，母亲陪他去。南充娘就在家陪伴着我，我一家终于熬过了解放前苦难的岁月。

1949年5月虹桥解放了，我们终于离开了旧社会，但是风雨并没有消失。

1951年里，我父亲又被土改工作队叫去，说他收了地主们的黑粮。我南充娘闻讯，就去找了我前山大姑妈在县公安局工作的儿子陈立业。他就出面对土改工作队讲，我舅舅解放前被国民党抓去受刑，说他粮食贩给游击队，现在你们又说他收了地主的黑粮。他是做粮贩生意的，你们不应当抓他。于是，工作队就放了他。

1952年里，我的温州母亲患病，常由父亲陪着去温州医治。南充娘就在家陪着我，做饭、为我洗澡、陪我睡。我的温州母亲去世后，父亲决定续娶李宅母亲。而我年幼无知，以为温州母亲是我亲生母亲，竟与父亲哭闹。经南充娘耐心劝说，我才明白了道理，才与父亲去李宅看望李宅母亲，使李宅母亲顺利地到我家中。李宅母亲很和善可亲，我在她与南充娘的呵护下渐渐地长大。

自此之后，父亲不做贩粮生意，改行做棉花生意。解放后，姑丈也曾到乐清公安局当过门卫，但他生性耿直，不善应酬，不习惯做机关事务，没几年就回南充老家务农去了。

南充娘在我家待了好些年，等我与李宅母亲关系融洽了，亲近了，原来叫“婶婶”，后来改叫“妈妈”了，她才回南充去。后来，她也常来我家看望我们。每次来都住上几天、半月，对我讲一些好笑的故事。记得她讲女人生孩子，是脚肚子里生出来的，我当时只有六七岁，听了也有点信。后来长大了，才明白这是南充娘哄我的，觉得真有趣，所以现在还记得。仔细忖忖，还真有点创意。她还对我讲解放前游击队在南充的故事。

此后，我也经常和父亲、母亲到南充去“走亲眷”，看望南充娘和大姑妈。一般是正月初、端午节、中秋节去。我们步行到龙顺坑，1960年前淡溪水库未建成，是走过一大段溪坑、溪滩，再经过下东田，再登上高高的仰后岭，翻过了岭，经过仰后村，就到了南充。

大姑妈住在前山，山下上去有一小段岭，是独座屋。于1945年国民党顽军火烧南充村房屋时，唯独这座屋没有被烧毁，还留着。我们中午若在大姑丈家吃饭，晚饭就到后山姑丈家吃了。后山姑丈家，被国民党烧了房屋后，一直搭棚，到解放后才将木架子搭起来。三间一楼一底是姑丈三兄弟一起搭的。但姑丈家的楼板都未能铺上，每间屋都没有板帐、隔栅，而用番薯簾隔着。地面都是黄泥土的。厨房、睡间都通着，简陋得很。前后都堆着柴捆，也没有砖墙。冷天风都钻进来。所以正月去，姑丈就在灶前火炉堂烧硬柴取暖，南充娘就和我们讲讲家常，唸叨唸叨，直至大家去睡觉。

解放前被国民党顽军烧毁的房屋，一直到公社化时还未修复完好。南充村家家户户都这样，可见革命老区群众生活的艰辛。这种生活，南充娘、姑丈都习以为常了。

南充娘、姑丈、大姑妈、大姑丈陆续辞世，我都到岭底南充去送殡。

由于大姑妈的儿子工作从乐清调到温州去，我一家去看望表兄，或我的温州大姐、二姐，就一家人常去温州。而南充娘与姑丈膝下无子女。因此，我后来就没有去南充了。

但南充娘的一张照片，至今我还珍存着，放大贴在书房中。她是我最可亲最可敬的长辈。她那慈祥的微笑，承载着爱心，曾经陪伴我度过童年、青年，至今仍永远伴随着我，令我终生铭记。

大红床

1963年，10月1日，五十年前的国庆节，是我与妻子结婚的佳节。父亲母亲为我这个独子购置了一张十一扇高屏风的大红木床。前面床额上，中堂雕有郭子仪拜寿的浮雕，两边雕着才子佳人诸多戏出人物，还有凤凰、狮子。十一扇屏风板壁上上下下，绘有孔雀、鸳鸯、翠鸟、花篮，线描贴金的图画。中间写有“幸福”“吉祥”“美满”“白头”的金字。整张床红漆贴金，艳丽亮彩，是当时乡间最流行最美观最时尚的家具。在闻名浙江的“三大名镇”虹桥，西横街是一条千年古街，位于虹桥的中心。父母为我新婚设宴十几桌，是当时最热闹的婚宴，宴请了来自温州市及山面乡的亲戚和本镇本街的四亲六眷、街坊邻里，喜气洋溢。

今年十一国庆节，我与妻子迎来结婚五十周年的金婚喜庆日子。这张见证我俩美满婚姻的大红床，不管房屋如何变迁，其他家具如何更新，我俩仍旧对它不离不弃，让它伴我俩迎来金婚。

五十年来，大红床不仅见证了我们家的风风雨雨，它本身也经历了风风雨雨。

虹桥镇，坐落在中国十大名山雁荡的南边。地灵人杰，美丽富饶的虹川山水，养育了世世代代勤劳智慧的虹桥人。虹桥人用辛劳的汗水浇灌出许多工艺美术之花。数百年来，雕花匠、木匠制作雕花圆洞木床、雕花菜柜，扮美了生活。当时，男女青年结婚时，都会尽力购置这些美丽的家具。

大红床中堂常用的郭子仪拜寿戏出，宣扬了孝道。左右上下花板上的文戏武戏，常用《三英战吕布》《三顾茅庐》《关爷送嫂》《长坂坡》《封神榜》《西厢记》《红楼梦》等，宣扬了忠孝节义的传统文化。还有花鸟画、吉祥语，都处处体现老百姓对美好生活的向往和热爱。这些富有传统文化、乡土文化气息的家具的流行，也见证了虹桥是一片文化的沃土。正是这一片文化沃土，养育了、培养了我们虹桥人。

我与妻子结婚后，不久就经历了中国最早的城镇知识青年下乡插队运动，我从机关单位下乡插队务农。地点就在虹桥连桥村。当时，很多青年插队后，不仅务农，而且去从事木工、油漆、泥水、五金、加工等手工业行业。于是，我也利用自己的美术爱好，选择自学雕花手艺。恰好，大红床的浮雕人物图案就成了我临摹的样板。我订制了一套雕花刀具后，就到各地雕花师傅处去拜访观摩。我边看大红床上的样板边自学浮雕，依样照雕，终于得到了木工们的认可，接到了加工业务，成为镇上的一个雕花工匠。

1966年，“文化大革命”风暴骤起，红卫兵横扫牛鬼蛇神封资修。很多七类分子、走资派家庭的古代人物浮雕被当做“四旧”破了，与很多古书旧卷一起集中在溪滩上焚烧。红卫兵走街串户，搜寻“四旧”，到处人心惶惶。为避免大红床被毁，只得将浮雕人物头部削平，以免遭难。红床之伤，至今犹存。风暴那年，记忆犹深。

“文化大革命”未息时，雕古装人物成为禁忌。为了避讳，我以雕刻少数民族人物替代古装人物，或者学习挚友周明心的革命样板戏浮雕。大部分浮雕业务是雕松竹梅柳各样花头。雕花谋生，度过了十几个年头。后来，又学了画像，在集市日上街摆画摊，当街卖艺。文革中及此后，我以雕花、画像手艺谋生，自食其力。

大红床虽伤，吾夫妻仍以此为窝，子女皆诞于此床。子女年幼皆以此床为玩耍、歇之息处。因床有高屏风四围，安全暖和；屏风上的花鸟彩图，美观悦目，充满温情，被孩子们所喜爱。在大红床边，儿女渐渐长大。

延到孙辈，个个也乐于在此床玩乐、午睡，因儿子们的新床席梦思无边无栏，小孩容易跌落。儿子、媳妇去上班了，就将孙儿孙女交托我俩老照看护。孙儿孙女幼时也多在此床游戏，打闹，倦了就睡在大红床上。不仅白天午睡睡上二三个钟头，经常晚上也赖着要睡在大红床上。特别是最小的孙子，常睡此床，牙牙学语后，睡醒时总是叫“奶奶”，“爷爷”，祖孙之间特别亲密情深。昨晚，我睡得早点，早晨四点醒来时，又发觉4岁的小孙子睡在大红床上。我妻子说，昨晚他又“赖”大红床上不走，现在还美美地睡着。我醒来后，就马上起来，继续写我的《大红床伴我迎金婚》。并将小孙子睡在我床上这一幕，也记入文中。我用毛巾赶走了床上的蚊子，把纱帐放下来，好让小孙子继续酣睡。

我今年已入古稀。与孙辈共度厮混、玩乐游戏中，自觉也返老还童，变成了一个老顽皮。我给他们讲猫呀、狗呀、鸡呀、鸭呀的故事。我与他们玩“警察捉小偷”游戏，小孙子站在大红床上，大着嗓门喊：：“我是警察，不准动！”拿着塑料枪向我"啪啪"开枪，枪里响起"警察来了"的声音。我与小孙子捉迷藏，小孙子就头蒙床单，在大红床上说："爷爷，我在哪里？"

我还自编童谣和小孙子一起朗诵："爷爷是个老朋友，小逸是个小朋友，两人是对好朋友。"时时刻刻，大红床边载歌载舞，又说又笑，唱唱闹闹，也少不了撒娇耍赖，调皮捣蛋，哭哭哄哄，充满了童趣。

大红床，是两代幼童的小小乐园，是三代人和谐相处的游乐场，回荡着经久不息的欢声笑语，承载着不尽的关爱和温馨，寄托着无限的祝福和期盼。

五十年来，我夫妻俩渐渐变老，大红床也渐渐变旧。看那床杠边上，油漆早磨褪了，露出了木色。很多地方的油漆也开始龟裂，就好像我俩老的面颊，逐渐布满了皱褶。有几段樟木弯料，开始有了虫蛀点。拍打一下，粉都掉下来。好在当年床的木料都是上乘的实木，在拆拆洗洗后，还能拼拢插实，睡在床上还是板扎坚固的。所以，好几次下辈说，你这张老古式的床还睡呀！把它换成席梦思弹簧床吧！还有个推广新式"和也"磁床的老板说，你这张床可以当古董货，给我们古床展览馆当展品了，换一张新式的床吧！我俩仍然没有答应。

五十年金婚中，我夫妻俩从未离开过大红床。只有吾妻患病住院的八次，才暂别此床。二年前，我妻子心脏房颤严重，到市医院住院抢救，在重症监护室里度过很多天。与家里的大红床分离开20天。妻子终于从死神手里被抢救过来，我们三人又回到大红床中。大红床呀大红床，你是我俩老患难与共、相濡以沫的历史见证人！

我的住房历经五十年，从平房翻建为二层木楼房，又从木楼房改建为四层水泥钢筋楼房，又几番装修更新。在一番番的房屋翻建改建装修更新中，我俩老从不丢弃这古旧的高屏风大红床。因为它伴随着我俩老走过人生到花甲古稀，也伴随着我一家生活走向平安和谐，红红火火。它是爱的见证，它是爱的载体。它将伴随我俩永远相亲相爱，直至白头偕老。

饭筲箕的兴衰

古稀之年，回想往事。饭筲箕的兴衰很值得我们回味。

从少打懂事起，吃饭总在镬灶间里吃。这就是过去的厨房间，饭是在铁镬里煮的，用柴火烧热了。一家人吃饭吃好了，剩下的饭母亲就用饭掌兜起，盛在饭筲箕里，盖上盖子。再把饭筲箕挂在垂下来的铁钩上。

如今年轻人只知道剩饭放在冰箱里，哪知道什么饭筲箕。我告诉你，过去，哪有什么电冰箱呀！剩饭家家户户放在饭筲箕里，悬空挂在铁钩上，这样才透气通风，能放到明天，不会馊掉。

我们虹桥地方就是这样的乡风。几百年了！

虹桥三八集市那天，离虹桥三里路的河淇村人带着竹制品到虹桥赶市日。河淇人心灵手巧，用水竹、绿竹、茅竹剖成竹篾，用篾青编制成各种各样的生活、生产用具。有竹篮、饭筲箕等。竹篮也叫菜篮，饭筲箕也叫饭篮，还有糠筛、米筛、箩箕。畚斗等。都是农家不可缺乏的。特别是饭筲箕，挨家挨户必备。

虹桥有句俗语，讲人吃饭肚大会吃，是“吃饭吃一筲箕”。有些人上山落田做事肚子饿了，回家就拿饭筲箕寻饭吃。所以不管是垟下人山头人，不管是镇上人乡村人，家家户户都有饭箵箕。

我自少就住虹桥镇西横街，家里开店。早饭母亲总是煮粥吃，菜总是打五分钱豆腐蘸酱油，或者配炒黄豆。中午是煮饭吃，配素菜、萝卜、豆类或有一点海货、虾鱼之类。有剩饭就盛到饭箵箕里，晚饭是炒饭吃，即是把中午的剩饭炒一下、暖一下，把中午的剩菜也暖一下。晚饭后，总是有剩饭的。这些剩饭就盛在饭箵箕里。等第二天中午煮饭时，可以做“冷饭酿”。掺在新下的米中，使饭的量可以煮得多一点。几乎是每个节俭的人家都是这样会划算的。

虽然过去每个家庭都有备饭箵箕，但使用饭箵箕都不一样。因为饭箵箕盛的是干饭，如果家里很穷，天天熬粥吃，饭箵箕就常常空着了。

1958年冬，大办人民公社食堂，户户都到食堂里吃大锅饭，吃饭不用钱，每个家庭里的饭箵箕就空起来了。

至1961年秋，粮食减产，食堂停办。每个家庭的镬灶间又重新开火，饭箵箕又重新启用。我的家里当时是“居民户”，每个人每月发到粮票24斤，饭箵箕还用得上。一家人总算度过了那个艰苦的岁月。有的“农业户”却忍饥挨饿，苦度饥荒。

我1964年插队到龙坦村，参加农业劳动，还兼任了大队会计，我看到少数几户劳力少人口多的农户，到稻熟前就缺粮少吃。他们镬灶间的饭箵箕，是空荡荡的。他们东借薯干西借米，天天熬粥吃，也难以为继。我深深地被他们的困境所触动，感受到当时农村的穷困，务农的艰辛。

那年下半年，我就辞去了会计职务，回家自学雕花、画像手艺，成为一名农村工匠。凭着自己的勤劳，总算使家中镬灶间里的饭箵箕天天盛着干饭。在“文化大革命”期间，使家里人不至于饿肚，过着有衣有食的日子。

“文化大革命”结束，1979年我被安排到乐清制革厂工作。每个月可以发到粮票32斤，一直到1992年，家里厨房还用着饭箵箕。

1992年，我将原来的木楼房改建成二间四层楼的钢筋水泥屋。当时在二间厨房上面，仍旧预埋了几个钢筋的勾，用来挂饭箵箕。挂不了几年饭箵箕，生活水平提高，家里置办了电饭锅、电冰箱。煮饭不用铁镬，用电饭锅煮饭后，剩饭就放冰箱了。这时候，饭箵箕就用不着了。

但是，在那些仍未建造新房的家庭中，还是用饭箵箕来盛剩饭。

改革开放后几十年来，随着住房的更新，新的楼房、商品房、别墅逐步增多。饭箵箕也就越来越少了，从此退出历史舞台了。

现在河淇人也几乎不再编制菜篮、饭箵箕了。

生活小康了，谁还用得着那些老古式的东西呢！但若办个农屋博物馆，千万要挂上个饭箵箕，让大家惦念一下“民以食为天”的以往日子。

名山深造记

1959年夏，初中毕业前，我们同学间议论，到哪里读高中好。那时，我们虹桥还没有设立高中，乐清县只有乐成镇有乐清中学有高中部，雁荡山雁荡中学有高中部。听那些大同学讲，乐清中学高中数理化教学有特长，雁荡中学高中文科教学有特色。后来，录取通知书带来了，我被雁荡中学录取。我当时也非常高兴，我这个人对文科还比较喜欢，可以入雁中，正合我意。再说，美丽的雁荡山还只听说，虽然经常心里向往，却未曾去游过。这回能去雁山读书，既可读书上进，又能游览美景，真是两全其美！

现在，我们虹桥就有好几个高中部，而且国家实行高中义务教育，每个人都可以免费就读到高中。所以，回忆我55年前的高中读书生活，写出这篇《名山深造记》，让年轻人也知道老一辈怎样度过那段时光。

狂风暴雨求学路

1959年9月1日下午，16岁的我，用竹扁担挑着行李，一头是棉被，一头是竹蔑编的箱子，里面装着衣着、书籍，兴冲冲地上路，沿杭温路（现104国道）步行到雁荡中学去报到。那时到雁荡去有公共汽车，车费要5角钱，但我为了节省这5角钱，就决定步行去学校。我走呀走，走到龙泽岭头，天气突变，乌云滚滚，顿时暴雨如注。怎么办，回家不行，只得冒雨前行。下了岭，风大雨狂，从北山、亭乾口到清江，洪水满过公路，只得卷起裤脚，顶着狂风暴雨再向前步行。大水浸过膝盖，公路当时还是泥沙路面，水一冲，坎坎坷坷石子都露出来，一双解放鞋湿透了，还被石子顶破了，脚掌又冰又凉，只好硬着头皮往前艰难迈进。到了清江汽车站，侯车室挤满了躲雨等过渡船的人。这个暴风雨过境的日子，渡船也停驶了。那时未造清江大桥，来往汽车、行人要过清江，必须靠渡船过渡。过又不能过，回又不能回，车站里连个座位都没有。天黑下来了，那晚只得坐在行李箱上和衣而睡，度过一个一生中唯一不能躺着睡的夜晚。

还好，第二天一觉醒来，望着屋外雨过天晴、阳光明媚，我就高兴地渡过了清江，挑着担子，过清北、过白溪、朝响岭头走去。在松垟村的凉亭里，我坐着歇息的时候，拿出舅母送给我的蜜枣品尝起来。那个甜啊，如今我还记得，是格外的甜。到了响岭头，山风拂面，云雾飘渺，风景格外地奇丽。雁荡中学坐落在峡谷中，背靠山崖，前有小溪，环境幽美。那晚睡在寝室的格子铺上，睡得深且沉。

这一段狂风暴雨求学路，深深地铭刻在我脑海中，在我一生中给我以启迪。无论经过什么艰难困苦，总会过去的。

转眼间，半个世纪都过去了，如今前往雁荡山，公共汽车几分钟就有一次，坐汽车一会就到了，很方便，谁还会步行呢？宽阔的清江潮水，在夜光彭彭的海水中，人们早已架起了宛如两条长龙般的大桥，横贯在江水上，真是“一桥飞架南北，天堑变通途”。

深谷冷寺伴诵读

当时的雁荡中学，条件比较艰苦，还在公社化期间，教室建在响岭头桥过去的溪边，后面是高耸的山崖，而寝室却安排在净名谷的净名寺里。从教室到净名寺，有数百米的路，需经过烈士墓。而且净名寺两边都是悬崖峭壁。夏天是比较凉爽的，冬天一刮风，却很寒冷。所以我们晚上夜自修后，回寝室，若再想看点书，就感到寒意袭人，但也感到十分清逸宁静，真是读书的好环境。很多名著经典诗词小说，都是在深谷冷寺中阅读的。

每当暴雨之后，雁荡中学附近就有飞瀑美景“三折瀑”，沿着烈士墓后的石砌山路拾级而上，渐入中折瀑的佳境时即可观赏。有人甚至称中折瀑为“雁山第一胜景”。中折瀑比200多米高的大龙瀑虽矮80米，但还有上折瀑、下折瀑相配。其景色更比大龙湫奇异绚丽。苍壁圆滑，玲珑剔透，状如珠帘，瀑布潇洒空蒙，千变万化，有时似飞龙直下，有时似天女撒花，有时似素练穿梭，有时似白玉冒烟。阳光穿之，彩虹飞动，令人叫绝。当我们穿过了野林后，眼前的奇异景色，豁然变化出来，啊，中折瀑天开图画，真像一座高大无比、气势恢宏的大舞台，不用到较远的大龙湫去，在学校边上即可体味唐诗中“飞流直下三千尺，疑是银河落九天”的意境。美景中，吟诵诗书，更添韵味。这是名山深造的优越，雁荡中学被传为文科特色学校，名不虚传。

随着哨子声的响起，我们清晨即起，跑步分班到小溪对面的操场上作操。早操结束，又到教堂前的大操场上集中听训导。集中全校训导是由教导主任主讲的。那时正兴起全国学习毛泽东著作高潮，学校正学习毛泽东《实践论》《矛盾论》。这种学习是培养我们青年学生的价值观，世界观，让我们敢于实践，去解决学习与生活上的矛盾，且要集中力量解决主要的矛盾。这种学习使我对学习哲学著作产生了兴趣，对世界有了正确的看法。教导主任训导后，总务主任简短讲话。总务主任瘦瘦的，他宣布今天的早中晚餐各餐食谱：早点面包黄豆或大豆；中餐米饭冬瓜或丝瓜；晚餐稀饭冬瓜或土豆。在大操场上集中后即进早餐。早餐后，钟声响起，就读上午的功课，当时正是国家三年困难时期，学校的食堂伙食供应较贫乏。

我在雁中的读书，学习成绩一般，我对文科学习比较感兴趣，听语文课觉得有味。作文时比较顺畅，交卷总是第一、二位。得分较高。有次语文老师组织我们到南岙山，即西门岛去访问，回来写了采访的通讯。作文被老师作为范文表扬。但数理化课，我总觉得枯燥无味，那些公式、分子式很难记住。有时还在上数学课里偷画数学老师的肖像。对画画增添了兴趣，可数理化的成绩却退步了。

由于我对政治、语文等课的喜欢，我在雁中就花费很多时间阅读课外书籍。包括一些政治、哲学、历史及中外名著。我只喜爱浏览，走马观花但对文章细读品味欣赏不够。当时营养差我身材瘦，又由于看书太多，常在走路时把头垂下来。当时班主任鲍老师如慈父一般，就常提醒我，把胸挺起来，把头抬起来，把腹部收过去，纠正了我的站立、行走姿态。又教育我看书要保持与书本有一尺距离，防止近视。他对我的教导使我受益匪浅，我后来的走姿保持了常态，眼睛也没有变近视。一生得益于青春期老师对我的关爱。

唇亡齿寒别母校

我在雁中就学期间，学校发生了不幸的事。有一个同学从另一面攀登上学校后面的山崖，竟坠落摔死。这震惊了整个学校。也使我们师生非常悲痛，追悼会上，很多同学痛苦流泪。学校进行了安全教育。亡故学生就埋葬在学校对面的山上，筑了一个坟。我们在星期六下午、星期日留校时，不再到处乱游山。那些还没有筑岭做路的山崖，不再去攀登了。在此以前，我曾与个别同学为了捉一种特产在山溪里的动物蝾螈，曾顺不知名的小溪而上，攀登过无数的山崖，迷了路。后来及时循原路的方向寻回。唇亡齿寒，同学血的教训使我们不再贪恋游玩，避免意外，虽然雁荡山风景点很多，我们只是在平坦处去观看，后来就避免了伤亡事故。

1960年1961年，还是国家三年困难时期，共产风加上自然灾害，粮食供应非常困难。我是居民，每月还发到24斤粮票。有些农村的学生，缺粮少吃，经常向我借饭票，借去也就难以还来。我只好从家里带些米来。那时学校的境况也不好，卫生室检查，很多人生了营养缺乏症，即脚气病。记得校医也说我生了脚气病，即脚部浮肿，皮肤粗糙。为此，学校采购了一些黄鱼，专门供应营养不良的学生。但整个国家都因天灾人祸，陷入困难，这些皮毛措施也只能缓减一下情况。那时，记得学校还组织我们去摘番薯藤叶，找代食品说是集中运去支援灾区。有些村落因为缺粮饿死了人，说明当时饥荒是何等严重。

到了1960年下半年，国家有一个整减下放运动。我父母从工厂里下放，父亲回到商店，母亲回家做家务，我也随着被学校“下放”了。我就与慈祥和蔼的鲍老师、美丽的雁荡中学、奇秀的雁荡名山挥泪告别，结束了学校的学习生活，走上了社会。

后来，学校曾通知我回去复学，我也就没再回去了。我认为迟早有一天要走向社会，迟走不如早走。加上我是父母的独子，负有照顾父母的责任。如果继续求学，会离家越来越远。我只求平静安宁地生活。名山母校对我的深造，我虽然尚感不够，但深信我继续自学，能获得更多的知识和技能，可以自立于社会。

我学习过毛泽东的《实践论》《矛盾论》，只要我敢于去“实践”，总会顺利化解碰到的“矛盾”。

官场碰壁记

现在的政府机关，过去俗称官场。你想成为一位在机关部门工作的公务员，现在真是不容易，几百个人去报考，只录取几个人。但解放初期到政府机关工作并不很难，我也进过。只是，我无缘当干部，进了几次都出来了。回忆往事，就信笔写下这篇《官场碰壁记》。

一进区公所

1960年，我在雁荡中学读高中二年级，恰遇国家困难时期，搞整减下放运动。下半年我也被下放回家了。我被下放后，在家看看书，也想找点工作。但一时碰不上机会，我就到一个造桥的工地做临时工。记得是按件计酬的，挑一担泥发一个签，最后凭签付酬。后来寻到一个工作是电厂外线工，需要爬电线柱安装电线。我胆子小，这个工作不适应，就没有去。

1961年，虹桥恢复区公所，国家实行粮食统购统销政策，将余粮统一收购，同时征收农业税。当时区公所招二名农业税专管员，由县财政局统一招考。我去应试，是写了一个材料或文章，并测试打算盘，填了政治审查表。审查表上需填家庭成分，社会关系，个人简历等。我家庭成分不是地富反坏，社会关系也好，是团员，个人简历学生，又能写也会计算，就被录用了。

虹桥区公所设有党委书记、区长及委员、秘书、文书等脱产干部，财税组由一位老同志负责。1962年，虹桥区所属十一个乡镇人民公社，以村为生产大队。每个大队都落实了大包干方案，并将田地落实到生产队。将土地面积、预计产量都核算到每个生产队。粮食留给农民口粮外，余粮由国家统一收购、统一销售，也要在统购统销中，由粮食管理所代扣每个生产队应缴的农业税。

我在区公所工作后，经过培训，分管虹桥、东联、西联、南阳、五权、淡溪、四都七个乡镇的农业税工作。我下乡全面调查各村土地面积、预估产量情况，到每个村我找会计当面核对，取得签字盖章。我步行走遍七个乡镇100余个村落，如西联的岩宕、四都的江岙、淡溪的赤岩坑、埭头，都是早上出门，晚上归来。有时带干粮当中餐，如带上米粽或是麦饼，有时在村会计家搭伙，就要付一角伍分的饭费和四两粮票。那时交通不便，乡镇没有公路，连自行车也没有，下乡都步行。若碰到村会计下田上山干活，还得到田头山地去找。

到夏收夏种前，各乡镇、村的基础资料已查好。我们就集中县财政局经过核实，确定税率和税负。夏收开始后，农民船载车运，将余粮送到粮库，由粮管所各粮库代扣税款。农业税缴完之后，农民才可以领现金。

那年夏收时，我就驻在区粮管所，汇总各粮库的售粮发票。下午将农业税缴税情况刻成一张蜡纸，印好后分发给县财政局、虹桥区公所等单位。一般情况，夏收时各村的农业税都已缴了。部分未缴好的村，到秋收好时也会基本完成任务。

我在虹桥区公所时间很短，由于农业税1963年划归税务局管理，我也随之调入虹桥税务所。

二调税务所

我调入虹桥税务所后，专管农业税，之外还要兼做其他工作。因为农业税的征收是夏收和秋收时忙一阵，平时的工作不多。税务所的工作包括工厂企业、商业企业、市场、范围很广，工作很多。我也必需参加税务所其他的工作。当时国家实行了对棉花、棉布的统购统销。税务所经常组织对土布、土棉贩卖活动的打击。那时虹桥镇的集市贸易非常繁荣。镇上、乡下，农民家里都还备有织布机。农村妇女在农闲时，很多人纺纱、织布。织出来的土布有的是白坯土布，有的则加工为毛蓝土布。每逢三八集市，农村妇女纷纷将土布背到虹桥市上来销售。

有一次，税务所组织工作人员去取缔土布集市。我从区公所刚到税务所，就跟从大家到集市上去。刚到新单位，我又是20岁未到的毛头青年，就在前头挤入密集的人群，抓到一个贩卖土布的妇女，把她的一匹土布给抓来了。那些贩土布的妇女见到税务所的工作人员抓土布，就逃散了。

在当时那种形势下，这匹土布的命运就是没收归公。那天我晚上回到家里，就被妈妈一顿数落，她对我说："安南啊，你怎么那么狠，把人家的一匹布给抓去了。这一匹布不知人家织了多少天啊。她是妈妈李宅亲戚，怎么对得住亲戚呀！"那天的经过给我打击很大，使我深感内疚。到税务所工作再也提不起精神，跟去管集市就觉得头疼。后来我就以头痛为由辞掉了工作。

自税务所辞职后，因我业余一直喜欢参加文艺活动，当时我帮镇业余剧团编写剧本《血溅白龙山》还编了《赌博害死人》《忆苦思甜头字歌》等快板。所以，镇里就安排我进虹桥供销社教职工夜校，又兼了食堂司务长。但仅工作不到一年，到1964年10月，我就被插队下乡，到连桥大队去务农了。

三入镇政府

我自1964年插队之后，种田种了一年。第二年我自学雕花，后来又画像，手艺做了十几年。一直到1979年国家安排插队青年回镇。我进了集体企业制革厂。此后，很多插队青年安排在国营企业，就陆续调入国营事业单位或机关部门，也可以说，有缘进入“官场”。

1984年，我也碰上一个机会，曾进入虹桥镇政府，干了二年时间。当时，撤销了人民公社管委会，恢复了虹桥镇人民政府。上级调来了新的镇委书记、镇长。当时正是全国掀起开放改革高潮，大办集体企业，大搞城镇建设。新任的领导也希望把虹桥镇建设好，就学习龙港大搞城镇建设，搞一个虹桥镇建设规划，边规划边建设。镇里就将我从厂里借调到镇政府搞规划调查。暂定借调二年，工资也由镇里付出。我当时正当壮年，会学着写写拟拟。那年上半年，帮助镇领导拟了虹桥镇第八届人代会第一次会议文件，会上决议进行虹桥镇规划建设。

1984年，虹桥镇新建了很多新路。在新的虹桥镇规划里，就把老的街一律称为“街”，如东街、西街、文星街、集贤街、新市街。把新开辟的一律称为“路”，如振兴南路、振兴中路、振兴北路、振兴西路、新丰路、新凯路、金融路、育红路、虹河东路、虹河西路等。为了拓宽老街，建成新路，镇政府在县府有关部门大力支持下，在各村支持下，做了许多工作。在拓宽窄口、拆除旧屋的过程中，攻难破坚，都是全镇干部一齐出动，领导亲自动手的。

当时的几个大市场，也是敢于拓展建成的。如南社农贸市场、八村建材市场、东街商贸城等。虹桥镇第三小学也是配合振兴新路创建的。

1984年至1985年二年，虹桥镇的建设是迈开了大步的。到了1985年10月镇八届第二次人代会通过了《虹桥镇总体规划》。在这个规划书里，我也被列为“工作人员”。按照镇里与我所在的制革厂的约定，镇政府借调我到镇里工作是二年。我的身份是“集体职工”，是不可能正式调入镇政府的。我了解到这种“不可能”后，至1985年底，二年期满，我也就回到了制革厂。

一生中，三进政府机关，进入虽早，后来又进了一次，但三次都仅工作一二年，无缘进入机关工作，遗憾而回。为此，书成这篇自嘲的《官场碰壁记》，回想一下过去的有趣际遇，回味一下人生历程中的酸甜苦辣，真是感慨万千。

下乡转业记

知识青年上山下乡，是20世纪60年代我国的一项运动。我当时也亲历了这项运动，成为中国最早下乡的城镇知识青年。

1964年上半年，我21岁，已在虹桥供销社工作，担任职工校教师兼食堂司务长，每个月工资24元。当时，我已结婚，而且我在虹桥，是父母的独子。按照当时的文件，我已有工作，且是独子，又已结婚。也不属该下乡的知青。当虹桥镇里宣布我在“下乡知识青年”名单之中，第一批到连桥插队时。有人告诉我，一个镇领导由于对我义母有意见，说我在老家有九个兄妹，在虹桥不是亲生的。这是打击报复让你下乡的，你应当向上反映，不要下乡，可以纠正。但我也不愿与领导上争论是非。因为我是共青团员，应当服从领导，带头到农村去，接受贫下中农再教育。我在供销社办了移交，就到连桥大队报到。

插队连桥垟头角

虹桥镇第一批知识青年下乡不算远，就在本镇农村连桥，离镇七里路。开始，我们50人集中住在知青大宿舍里。后来，由于我们五个人又分在垟头自然村生产队，所以，我又住到垟头自然村的农民家里去，那村只十几户人。恰好，垟头村我有一位表叔，我就在他家搭伙吃饭。我们是1964年7月下乡的，参加了夏收夏种。由于连桥的农活比较单调，除了水稻种植没有其他农活，所以秋收后农闲时就回家歇着。我当时还找了些临时工做，老坝头当时还在兴建一个陡门，我去担任统计员，每月18元，大致做了二个月。土制红糖的收购点，也去做了一个月。

到了农村，初步认识了农村。当时农村经过公社化后，已停止大跃进，实行以生产队为基础的生产制度。虽然度过了三年困难时期，但农村仍非常贫困。稻熟前缺粮的农民贫困户有不少。虹桥地区一般农民，农忙务农，农闲兼做手工业，副业或商业。如连桥周边，邵东吕捣麻糍、单板桥做细面、南社做鲜浸粉，很多农民就是泥水匠、木匠、油漆匠……或者行贩。我后来调入龙坦村，龙坦人很多农闲是钓鳝鱼的。但当时政府对农民务商是当作“投机倒把”来打击的，对务工的、搞副业的比较宽容。

我们下乡知青来连桥半年后，有几个青年被安排去教书了。到了年底，镇里安排我去龙坦村担任会计。我就到龙坦村报到去了。

兼任会计难养家

龙坦村就在虹桥中学前后，共五个自然村。村小学设在下龙坦村，由于当时农村困难，还没有村办公楼，沙河村靠近虹桥中学，还有上龙坦、田垟、石马桥三个自然村。我到龙坦村后，就借住在村小学附近一家人的上间楼上。没有楼梯，是用木梯爬上去。吃饭自己用煤油炉烧，菜到家里带点去。后来我就回虹桥家里过夜了。因为我家到龙坦很近了，这是我插队本地的好处。如果插到湖州、内蒙去，能有这样的便利吗？这真是上天眷顾了我。

我到龙坦村插队后，生产队里的每一天农活我都不落伍，几乎天天跟着干。因为这一年，我的第一个女儿也出生了。作为父亲，我要肩负起养家的责任来。我又兼任着大队会计，身边带着村里的公印，流动办公，要处理村里一些事务，参加村里的会议。我也决心体验一下务农的生活，看能否在农村田地里干下去。沙河人有一套钓鳝鱼、捉泥鳅的本领，我也备了渔网、渔篓，跟着村里人去学习了一段时间。但是一场腿部炎症改变了我的决心。那时的稻田里插秧后，需要三番耘田。即要农夫跪在稻田里前行，双手将稻禾根部挖松。若是好几个人同时下田，速度不能拉下很迟缓。那时稻田里的蚂蟥很多，我在多次耘田中，腿部常被蚂蟥叮咬。有时有几条叮着，你若停下来拉掉蚂蟥，耘田就跟不上别人了。若想不顾蚂蟥，跟上别人速度，一上岸腿上的蚂蟥就吸去腿上很多血。那年的秋季，我因被蚂蟥叮咬，腿部发炎很严重，整条腿都肿起来。只得上卫生室打消炎针。医生说，你的腿较瘦，炎症很容易复发，要保持干净，才能彻底消除炎症。那次治病花了约一个月，那瘢痕至今仍留在腿上。所以那年下半年我就决定不再务农，另觅出路。

在经济上，我一年兼任会计包工补贴加上我农务的工分收入，平均每月收入只有15元。比我在供销社里每月收入24元还少了9元。又怎么维持一家的生活呢？一些龙坦的农民，当时很贫困，到处借钱借米，我也曾借米给他们。贫下中农的贫困教育了我，不能像他们那样安于贫穷。我和妻子大女儿一家3

人的生活，是与父母一起搭伙，靠“啃老”支撑的，这怎么行呢？为此，我的爱人曾经哭过。我告诉她，我会有办法的，不会让一家人饿着。

我们同时下乡的知青，有的去教书，更多的去做手工业，做木工、油漆、泥水工、做电器、电子、模子等手艺。我当时就决定利用自己的美术爱好，从事雕花手艺。我买来一套雕花板刀具，并仿照自己的大红雕花床人物，菜柜花板，开始自己学雕花。我认为，在农村这个广阔天地里，只要是辛勤劳动，才是光荣的。在现实面前，首先要解决的矛盾是求谋生。

自学雕花求谋生

我自学雕花手艺，首先是去观摩虹桥镇的先辈雕花名匠们的制作。著名的凰岙村五代传承的赵孔德，著名的上陶村五代传承的黄正荣及其子黄华胜，杏庄雕花名匠胡道尧、胡道杰、胡尧姆三兄弟，东街雕花匠徐宏山，其侄徐恭新等人，我都一一拜访过他们。我去看他们的的床额花板作品和菜柜花板作品。我也留意他们的制作工具和制作程序。我又通过一些从事方木制作的木匠，了解他们的加工价格。经过我的了解和调查，我有了能学会雕花技艺的信心。只是我目前难以掌握较高档次的技艺，只能加工些低档品。所以，我就从先加工菜橱松竹、梅、柳、垟花花板开始，而且加工费只收最低档次，但又不能太低价，倒了市上的价码。当时菜橱花板上四块、下四块，共八块板。上档老司收2元，中档收1.2元，低档收0.8元。我就只收每副0.8元。而且雕好后送到木工家中。我也没有到街上租店，只在家中加工。但我的雕工稍微比别人精细点，而且很及时交货，使木工能及时将花板装上菜橱，不妨碍他的家具及时销售。

后来，我的雕花技艺水平也逐步提高。能雕一些通常的人物、马匹，如《郭子仪拜寿》《三英战吕布》《梁祝》《西厢记》《八仙过海》等等。

当时虹桥木工很多，不仅木器社内有200木匠，个体木匠也有几百人。大量的木家具生产出来，缺的是雕花工配套。所以我1965年秋收后一开始雕花，就有很多木工送来花板，年底就收入200余元，比我一年辛苦务农的收入还好。我就尝到了做手艺的甜头。天无绝人之路，劳动是光荣的。只要不打战，天下太平，人总能靠勤劳的双手谋生。第二年，我每月雕花的收入就达到50元以上，超过那时工作干部的工资收入。忙季加班夜工，收入每月可达100元以上。

于是，我就认定雕花这个手艺，一直干了十五六年，付出我的青春年华。而且我的工钱收入逐年提高，又带徒弟，爱人也一起雕花，我就让父母也在我的桌上吃饭，就此结束了“啃老”生活，能自力更生，走出了困境。不仅维持一家8人的生活，而且也积了一些钱。

逃避风暴心无愧

正当我静心自学雕花谋生之时，1966年下半年“文化大革命”掀起风暴。“红卫兵”横扫“地富反坏封资修”，不仅“地富反坏右、走资派”家中那些有古装人物的雕花床额或古代人物、书画被搜出，拉到黄塘溪头去焚烧。8月，虹桥业余剧团的18箱古装戏衣、道具也被拉去同焚。一时风声鹤唳，人人自危。我也不禁自问，我家中可有“四旧”乎？我夫妻俩新婚的大红床上，有几个古装“郭子仪拜寿”人物。我寻来寻去，家中有“四旧”之嫌者，只有此“郭老”了。于是，为避免整张大红床被焚，只得将人物头部削平，以免遭难。红床之伤，至今犹存。风暴那年，记忆犹深。

此处自我“革命”之后，又遇一些知青组织“五四兵团”，参加“无总”，知青们来叫我参加红卫兵，我也只得随大流跟跟。但不愿紧跟。1968年，有一次两派“造反兵团”在县里各占地盘，要决斗，我也到县里过了一天，还发到铁棍守了一夜。第二天，我就不辞而别。因为家里有花板加工等着我。我一要做手艺谋生，没时间去参加“大革命”，二也不想违背领袖“要文斗，不要武斗”的指示，拿铁棍去斗争，涉足政坛，出头露面。在家雕花，古装人物不雕了，改成雕少数民族人物，这总不是“四旧”吧！我就埋头做手艺，把青少年时做政治家、艺术家的梦想束之高阁。

那时，有些在单位画画的，一会要画打倒“刘邓”，就把刘少奇画成高鼻子的，把邓小平画成扁头的。一会又要画“四个伟大”，如果画得不好，或者颜色褪了，又会被“审查”，有“诬蔑”领袖之嫌。想吃上层机关单位政治艺术饭，“运动”一个接一个，真是“伴君如伴虎”也！

1969年3月，我金沙路住宅对岸，两派群众组织在刘家大院发生激烈武斗，动用了冲锋枪、高射机枪和六零炮等武器。我家离刘家大院大致百米，很近，我一家人只好遁往李宅舅舅家中，躲避了四五天。后来两派战斗中，枪炮声连天，打了几天，当场打死了一人。又听说前二天，在牛头山战场上打死了6人，还伤了不少人。这些人何苦呢！抗日死了称英烈，这样死了算什么啊！我一生中就只经历过这次真枪实弹的打仗。和平真比什么都宝贵！这次武斗后，总算天下太平了。

我恰巧在“文化大革命”前下乡，上天令我远离了“文革”风暴，心灵中未染红色烟尘，幽居宅中，自食其力，问心无愧。

自1965年起至1979年，这十五年里，我雕花陆续带了7名徒弟。我没有收他们的“添师钱”，一般半年学习就让他们“出师”。一方面，我自己也不是正牌老司头，技艺水平不高。尤其是人物、马匹的浮雕，我自己也根本未曾掌握好。雕花十几年基本上是粗制滥造，混口饭吃。即使松竹梅柳等花样，也都是“麦饼花”，没有什么艺术价值。带徒弟主要也是使他们可以谋生。没收一分钱的“添师钱”，主要是我避免让人说我“剥削”。因为根据革命理论，资本家、地主剥削人，是他们对长工、工人的剥削。我同时带徒弟，没有超过2人，对待他们同学生一样，半年培训就结业，不收一分学费，而且出师时赠每位学徒一副刀具。这7位学徒现在都像自己的亲人一样，与我保持着联系，常来看望我。

我1964年下乡，种田一年半。雕花、后来又画像十五六年。直到1979年国家安排下乡知青回城镇，我被安排在乐清县制革厂。从“下乡谋生”转到“回镇谋生”。在制革厂也仅10年左右。集体企业也不景气，停办了。我又重操旧业，画像、又搞美术设计、画电影广告。办了退休后，也有了一份退休金。退休后，学国画、学写作。到古稀之年，在报上发表了几篇散文，个人也出版了一本画集。有位同学讲，你正从手艺人变成文化人。但我希望自己不要变，无论画画还是写作。老老实实地画，诚诚实实地写。永远作个手艺人，无愧地、安宁地生活。

南北漂流记

在民营经济大发展的1985年，乐清的大集体企业受到冲击。乐清县制革厂在宁夏大武口办的制革分厂，不是很顺利。而且1985年制革分厂在大武口的账目，因派去的会计无记账能力，一切账目尚未登记作账。所以厂里决定由我1986年到宁夏大武口制革分厂去担任会计。因我入制革厂后，曾在手工业办事处参加会计培训班学习半个月。我临难受命，就带着一本《集体企业会计教材》远赴宁夏，接任一个不熟悉、尚一知半解的工作任务，开始了我的"北漂"生涯。

北　漂

1986年我和厂里几个工人一起，先乘公共汽车到金华火车站，再乘火车到北京，北京再转乘火车到宁夏。我们乘火车坐的硬座，日夜兼程到达大武口时，坐了2天多，脚掌都坐肿了。制革厂厂房建在沙滩地上，场地大，厂房虽简陋，但却挺宽敞。住房都是平房土坑，过道里烧煤透过土坑，所以土坑很暖和。吃的菜到大武口菜场可以买到，如大白菜、鱼、猪肉、牛羊肉等都有。生活上还过得去。生产上是收购一些羊皮，通过加工，成为羊皮革半成品，再运回乐清制革厂，制成羊皮革成品。这个制革分厂，上年开始建厂，投产都是很盲目的。乐清制革厂是加工猪皮革的。所以工人对加工羊皮革的工艺不很熟悉。再加收购羊皮也不多，半加工后还要从遥远的北方运往南方，运输费用大，经过一年的经营，生产难以继续下去。从建厂一年，经营生产一年，不得不停产了。

我的任务是将这二年的财务来往作好账务登记。我到厂后，就将去年未登账的现金来往发票先整理现金收付账。再加看《集体企业会计教材》边作《记账凭证》，再按教材的指导，按借贷记账法要求逐项登入有关科目。按借贷记账法要求，记得每一项收支业务都须记二笔账。比如用现金收购了羊皮。就应记二笔——付出现金，收入材料。就会有借有贷的账目发生。这样记账，所有借贷项目的余额表结果必然平衡，总计相等。如果总额相等了，表明账目记载无误。如不相等，记载有误，须复查。我就边学会计教材边理账，也终于学会了做账，并能填写会计报表，如资金平衡表等。

当时宁夏大武口是宁夏第二城市，主要是煤矿企业。整个城市大部分住着采煤工人，煤矿绝大部分是分布在贺兰山麓。大武口实际就是为煤矿服务的新区。边上散住着一些牧羊种地的牧民、农民。沙漠很大，农牧民没有严格分工。就是水很缺，每户得打井。几十米深才能有水，才能有水浇地种高粱、菜等，并兼养牛、羊等。

当时大武口区也有个企业办事处管理我们厂的。很多集体或私人的企业也常被通知去开会。自我去大武口后，我们厂的报表也能报上去了，虽然生产情况不好，但正常地报上报表，也被表扬。办事处主任还让我去帮助其他的企业做好账，把报表报上来。我虽然初出茅庐，也尽力帮助那些刚任会计的青年人记好账。

1986年底冬天将到，乐清制革厂领导决定将大武口分厂的生产暂停。我就将账目理清，封存在办公桌里，随着整个分厂人员撤回了乐清制革厂，并将总账报表带回乐清。

我一生中，仅此一次到过遥远的北方。后来就再没有出门在外，到那么遥远的地方去了。就连旅游也没有再去游。因为我在那里留下的印象，北方，就是一片广阔的荒原沙漠。到大武口周边的一个地方去，乘汽车就得在沙漠里开上三四个钟头，看不到一间房屋，见不到一缕人烟，就连绿树和荒草也难见着，一片荒凉。遇上沙尘暴全身钻进沙尘，晚上回来得换下全身衣服洗澡。这一次“北漂”，使我不愿再外出，觉得温州故乡是处处人烟，青山绿水，充满温情。一个人何必远离故土，远赴他乡，难道温州那么繁荣的地方，就没有你谋生之处吗?

南　流

我回乐清的几年里，乐清的民营企业迅速发展，国营集体由于技术人员外流严重逐步停产、停业。乐清制革厂由于污染虹河水源，生产逐步停顿。我由于不是企业技术人员，不能跟人到外地去办制革厂。工厂停产后，就回家重操旧业。一是画像，但业务不多了。二是美术设计，画广告。1989年，虹桥新电影院的美术设计员回家里办彩印厂，电影院招收广告设计员，我就去应聘。经理让我画人物画，写美术字，我这二项技艺还过关，就连续几年在电影院担任了广告设计员。

到电影院画广告是晚上去上班。在电影院画室里，要将明天放映的电影大广告画好，接下去将剧情印刷品贴到电影院门口柜窗里。再背梯子将大广告贴到新市街大广告木牌上。大广告是画在六张白纸上，画上人物加上文字，大红大绿，能吸引人就可以。记得有一次，放映一部《南京大屠杀》的日本侵略暴行的电影。我画的电影广告用大板刷刷上大量的红广告色，像鲜血布满了整个广告，很吸引人。那次的影片也很卖座，加映多场。那时电视只有黑白还未发展彩色，所以彩色电影生意很好，买票排队，好的电影日夜放影。我在电影院只需夜里上班，白天还可以在家做做手艺。我爱人还在商店上班，收入也还可以。

电影过了几年，由于电视的迅速发展，电影业也被冲击，生意逐步清淡。我自电影院工作停职后，又到恐龙娱乐广场去当广告设计员。

大约1991年，雅园大酒店西边建了一个恐龙娱乐广场。里面有一个大演出厅，舞台上每夜有歌舞小品唱段演出。我就替娱乐广场打广告。一是拟一份小广告，内容是今晚有什么明星来娱乐广告演出了，有什么才艺节目，印上上千份让服务员去街上分发。二是写了五六张纸广告去张贴。娱乐场门口也贴一份。当年娱乐广场新办，也很红火，一夜门票收入几千甚至上万。里面演出厅、舞厅、KTV都很热闹。广场的服务员、KTV小姐是常用的。演出厅的明星、演员是轮流着来的。一般是称为某某歌舞团、艺术团、剧团、魔术团。一个小班子六七个人，有唱歌的、有跳舞的、有魔术的、有演小品的、有唱戏曲名段的，不少演技也还可以，很吸引人。但是后来也逐步冷清了，艺术团来少了，广场工作人员工资也发不出来了。

1992年，我在家里建楼，建了一个年头，将二间二层木楼房改建为二间四层钢筋水泥楼房。就没有去别的地方帮忙了。

我在二间四层钢筋水泥楼房建好后，有位企业家想请我去帮助管理企业，企业办在外地。我一听是外地，就谢绝了。此后，我就在家守着画像，但业务也不多了。因为照相馆的水平提高，很大的照片都能复印。人工画像虽然工艺有韵味，但中国人都贪图省钱，不像西方人那样重视肖像画，家家要挂祖辈油画肖像。本地人搞二张大照片丧礼时用，丧礼一过，大照片就丢了，很少有保存的。保存我的铅墨画肖像的人家也有，但寥若晨星。所以，我也就乐得在家休闲养老了。六十岁，我去办了退休。现在在家学学国画、学学写文章、学学写诗、学学书法，参加一些老年文艺娱乐活动，图个老有所乐。

这篇文章取题《南北漂流记》是不是有点言过其实。到北方去“漂”了一年，又回南方“流”了几年，也没受过什么苦，怎么算“漂流”呢？我少年时曾看过“鲁滨逊漂流记”，那才算真正的漂流！在大海汪洋里漂流过，才会有海一般的胸怀。

三番磨练 悦读前行

我青少年时期，经历了三番的磨练，也就是三次的挫折。但是，都是阅读使我经受了挫折，度过了风雨，勇于前行，改变了人生。

整个小学，我在虹桥区小渡过。虹桥区小设在沙河，当时，我们在方亦平、管剑予等老师辅导下，不仅学习课文，而且听他们讲《卓娅和舒拉的故事》《钢铁是怎样炼成的》并阅读这些小说。还曾在倪亚云老师带领下阅读《王十朋诗文故事》，阅读齐白石、徐悲鸿的画作，并到淡溪杨村写生，王十朋墓地瞻仰。状元耕读使我深深敬慕，画匠巨作令我向往。我对美术十分喜爱，成绩较好。虽然我对语文、美术偏爱，但在班级里是最年幼的，坐在最前排，其他成绩一般。

1955年，我到小学毕业时，仅12岁。当时，虹桥镇还未设立初中。读初中需考上乐清中学。虹桥区小考上乐清中学的有南孔球、赵岳根、陈天祥、夏银斌等七八个同学。我和杏庄的胡公川很多人都考不上，失学了。

少年失学，是我人生的第一次挫折。由于年幼，也不觉得十分失落。我住在虹桥镇西横街，家里经商。胡公川住杏庄，他父亲胡景韩是文人，毕业于上海大夏大学，受过郭沫若教导。他当过国民党中央组织部党部科员，时任浙江杭州特派员，抗日战争后就辞职归乡，经营鼎和酱园。家里藏书很多。我和胡公川很要好，又一起失学，就常到他家借书看。那一年，借了几十本书拿回家看。不认识的字就查字典。因此对文学产生很大兴趣。胡景韩先生家里生活简朴，却是个书香门弟。客厅挂着文人书画，对喜爱阅读、学诗、学书画的青少年很亲切，有问必答，有书必借。我也看一本还一本。不仅看了《西游记》《三国演义》《水浒传》《红楼梦》等著名小说，还看了《李有才板话》《小二黑结婚》《呐喊》《彷徨》《家》《春》《秋》《静静的顿河》《鲁滨孙漂流记》等书。胡先生家里的书、画、诗也对我产生很大影响，留下美好的印象。

1956年，失学的一年里，比我小学里学到的更多。我除了吃饭休息，所有时间都用于阅读。我幼小的心灵受到虹桥名儒书香的熏陶。第二年，胡公川到河南洛阳去上初中了，我也考入虹桥初级中学。后来由于虹桥中学有图书馆、阅览室，可以阅读更多的课外书籍。我也没去杏庄借书了。

我在虹桥初中三年里，不仅课外阅读更广泛的书籍，而且作文作业完成很流畅，每节作文课总是第一个交上作业，语文老师总是评给高分。当时我参加虹桥中学宣传队，还自编相声、快板等节目。在初中三年里，我也阅览美术书刊，参加美术小组，到乡下去画墙头画，参加展览会工作，画画，编文字说明。

1960年，我考入雁荡高中。在高中一年级，我的语文成绩较好，数理化成绩一般。读高中一年级时，学校正组织学生学习毛泽东《实践论》《矛盾论》。老师的讲座辅导使我对阅读哲学、政治书籍产生兴趣。这形成了我的世界观、价值观，能乐观地对待人生。

1961年下半年，国家在机关单位学校进行整顿下放，我也被学校“下放”了。这是我人生的第二次挫折。我是含泪与慈祥的老师，美丽的雁荡中学告别的。但我也没有十分伤心。我想：走向社会，迟早总会有这一天。在学校学习到了知识，到了实践的时候了！

回家后，我到桥梁工地去打工，参加一些临时工作。过了一段时间，区公所招收农业税工作人员。我应聘后，经过考试我被选上。1964年又转入虹桥供销社担任职工校教师，在机关单位工作三年多。

我人生的第三次挫折，在1964年10月来到。我当时刚刚结婚，国家进行“插队”运动，我被宣布插队连桥大队。我马上办了供销社移交手续，到连桥大队报到。

因为我认为，王十朋耕读，胡景韩工读，一位是状元，一位是大官，他们可以成为老百姓，我插队有何不可。第二年下半年，我利用自己的美术爱好，自学了雕花、画像手艺，成为一个自食其力的农村工匠。一直做手艺10多年，直至1979年国家安排插队青年回镇工作，我才进了制革厂。1993年，胡景韩先生逝世时，我为他绘了肖像画。

我退休后学习人物国画。在老同学南孔球的帮助下，我学写散文、快板诗总数已达几十篇，在《乐清日报》《温州日报》上刊登了多篇文章。现在，我已是乐清市美术家协会、周昌谷艺术研究会会员，并正申请加入乐清市作家协会。我始终认为“好书是我师，好报是我友”，我未上过高等院校，是阅读改变了我的人生。我在画画、写作同时，会把阅读一直坚持下去，做个老有所学、老有所为的人。

2015年10月，我被乐清市评为“老有所为之星”提名奖。

剪报出名记

我写有一首《学好歌》，一开头就写道“好书是我师，好报是我友。好道我所学，好理我所究”。我的一生是阅读的一生。书报是我的导师和挚友，我别无所喜好，不吸烟、不喝酒、不搓麻将、不打扑克，但每日必阅看书报。阅读书报使我知书达理，积累了学问。我每天看书报，还坚持十几年来每日记日记、笔记。同时，还剪取报纸上、杂志中的重要文章，剪贴成一本本的“剪报集”。一生已积成七十二本剪报集，并借着剪报集的“厚积”，“薄发”了十几篇文章，刊登在乐清日报、温州日报。也因此从默默的小百姓成为乐清市的小有名气两届老人评比中的“名人”。故此。将几年来的事情经过回顾一下，写成此“剪报出名记”。

大约十几年前，我就订阅《乐清日报》，从未间断。平时还常到书店书摊，购买《温州都市报》《杭州都市快报》《参考消息》《环球时报》等。对《新周报》《新传奇》《文艺报》《沿海日报》等书刊也时有购买。看《温州日报》《浙江日报》《人民日报》等报纸；是到村里、镇老协或单位里看。

我看书报之后，有重要新闻、信息，总要写点日记、笔记，还要将文章剪出来。一般的小刀太短，我将一条旧锯条，磨成一根二十多公分长的剪纸刀，专作剪报之用。我利用旧杂志剪贴这些报纸。陆续集成七十几集剪报集。剪报集封面有专题名，里面根据每篇文章先后，再作成目录，以备查阅。

逐年积累，专题剪报集，已有美术家、美术文化、美术资料、乐清文化界、虹桥文艺界、教育文化、文艺文化、健康教育、家庭婚恋、金婚盛典、爱家看点、乐清旅游、书画名家、文学与艺术、明星肖像、婚恋家庭、戏曲、最美人物、摄影艺术、新闻时评、国际美术、动物美术、出彩草根、家庭婚姻、特别新闻、浙江财经、治国与家庭危机、旅游名市、明星肖像、大名家画家、明星故事、金色夕阳、家风、青少年励志、敲起警钟。

新剪报集有，互联网与创业、伟人、政治与党建、新民与农村、创建文化名城、文艺、美德治天下、书画浙江、爱心童心、文学写作、虹桥小镇、相亲、反家暴、中国独身、立德树人、中国梦科技、伟人名人、自我保健、虹桥文化界、政要人物、旅游雁荡、书画艺术、演唱音乐、诗与说唱、抗战、读书、和平两岸、天下、文史、反暴恐世界、国际名人、夕阳红、工匠、乐清历史名人、文化周刊集。

这些剪报集不仅使我加强了记忆，也使我逐步积累了写作的素材，逐步走上写作的道路。

我70岁前，从来未在报刊上发表过文章。2014年6月，我在群知书店《杭州都市快报》上看到，吴昌硕170诞辰，杭州举行特展。我家中的藏书《周昌谷画集》上有周昌谷画的吴昌硕肖像。我即写了《周昌谷画吴昌硕肖像》一文寄给《乐清日报》。《乐清日报》即于7月5日刊发了我的文章。这首次的文章刊登激发了我的写作热情。

我又环绕周昌谷题材搜集书报中的信息，写了《〈两个羊羔〉和周昌谷》一文。《乐清日报》又在7月19日刊发了我的文章。

这二篇文章的发表，使我参与了美术大师周昌谷的艺术研究。在乐清市组建“周昌谷艺术研究会”时，我受邀参加了该会，成为会员。

纪念抗日胜利六十九周年前，我获知乐清市《丹霞书画报》中刊登了三幅抗战题材的人物画，就写了《硝烟那年，永远铭记》一文，顺利地刊登在《乐清日报》2014年8月2日《文化周刊》中。

由于我的习作都刊发在《文化周刊》里，所以我对乐清日报《文化周刊》每期必细读，基本上剪报都来自《文化周刊》。文化周刊关于家庭亲情的散文，我更喜读。渐渐地，我也写了几篇这方面的文章。

尤其是2014年11月1日发表的《大红床》一文，可以说是一箭三雕。不仅《乐清日报》上刊登，而且乐清电视台上我家采访拍视频，主持人陈佳为我俩在乐清电视台报道；而且乐清市首届《金婚盛典》邀请我夫妇参加。我俩收获了鲜花、奖状、奖杯和大家的祝福。

此后，我的散文《三位母亲》《虹桥雕花》《二位父亲》又陆续在《乐清日报》发表。

2015年6月，乐清市首届《老有所为之星》开始评比，我自荐参加评比。恰好，我写作的抗日文章《虹桥守军血染东街——乐清最激烈、歼敌最多的一次抗日自卫战》在6月26日《温州日报》上发表。紧接着，《温州日报》又在7月12日发表我《用文字为英烈立碑》一文。可能由于这二篇文章上了

《温州日报》，乐清市宣传部、民政局、老年协会在10月将我评为乐清市首届《老有所为之星》提名奖。

我成为乐清市两届老人评比中连续获奖的唯一自荐者，觉得非常荣幸。我很珍惜这二份来之不易的殊荣，心中很感恩。这一切都是我坚持阅读书报、剪报集报而得来的。可以说，我出了名，是剪报剪出来的。

此后，我写作的散文转向网络。这二年，在虹桥门户网发表散文、诗四十余篇。一位挚友老同学集沙成塔，帮助我编辑了《金安南文学绘画网站》，网站里有我的文章五十余篇，国画、油画、摄影一百余幅。今后，我会致力于网站的创作。

纸媒使我的写作起步，剪报令我登报出名。网媒是更广阔的宇宙。有大诗人曰："金猴奋起千钧棒，玉宇澄清万里埃"。我姓金肖猴，以金猴自比。在无限浩荡的玉宇里，我"金猴"正在奋起，可以大展拳腿也。

金猴奋起记

前年，年届七十，想有所作为，取了别号古稀顽童。又将原名安奶改为安南，想来点雄心，傍联合国秘书长之名，出名天下。想出名，总得拼搏努力，干点实事。于是，动笔画国画，出画集；写文章；上报纸；评模范，争明星；既自荐，又自写，也终于有点成果。至今年进入72岁，想到有大诗人曾诗曰，“金猴奋起千钧棒，玉宇澄清万里埃”。我附庸风雅，将此金猴自比，于是信笔写此《金猴奋起记》。以搏网友笑评。

我姓金，此自比金猴之一也。我生肖为猴，此自比金猴之二也。今年是猴年，又逢我年已72，此自比金猴之三也。俗语云“千金难买老来瘦”，我保持百斤体重，身轻如猴，头脑灵光，心肺皆健，此金猴之四也。

我自比金猴，并非瞎吹。我金猴有我的战果、战器、战略、战术。

金猴的战果

美术成果。我一生基本上是一个工艺美术手艺人。雕花15年，画像30年。在机关企业没几年。雕刻花板不计其数，画过肖像也无法统计。近几年攻学水墨肖像画、油画肖像画，曾出一本肖像画集，可以算作习作。有代表作的美术成果是今年3月间的南塘烈士纪念碑浮雕人物设计，已刻成浮雕。另一个有代表性的美术成果是，6月间的油画肖像王十朋与贾氏。2米高的油画，得到普遍的赞誉。可以说，今年是我美术战果最辉煌的一年。

文学成果。我在文学上建树还刚刚起步，古稀前文章从未上过报纸杂志。2014年第一篇文章登上《乐清日报》，还是老同学南孔球替我寄去的。此后，在《乐清日报》刊登散文十篇。2015年6月7月在《温州日报》刊登二篇文章。后来，我的散文都在虹桥门户网上刊发，再没有在报纸上刊发了。我的《街头卖艺记》已入选知音集团《新周报口述史大型丛书》，但尚未出版。

我的诗属于散文诗、快板诗，只在“虹桥文艺”，虹桥门户网上发表。

美德成果。美德是与文章并重的。我有幸在2014年参加首届乐清市“金婚盛典”，被乐清电视台、《乐清日报》表彰报道。

在2015年又被乐清市评为首届“老有所为之星”提名奖。我是乐清市二届老人评比中连获奖项的唯一一个自荐老人。我一生愿朝着“德艺双馨”的目标前进。

金猴的战器

孙悟空战胜的战器是藏在耳朵里的金箍棒。但金猴的战器很普通，它是一把土裁纸刀，是用废锯条磨成的。“只要功夫深，铁杵磨成针”。拉出桌屉，裁纸刀就不起眼地放在边角。

我每天必看报、看杂志，将报上、杂志上有用的文章用裁纸刀裁下，剪贴在旧杂志上，做成目录，集成有主题、有分题、有划线的一本本《剪报集》。多年来已积累了七十二本各种主题的剪报集。我的各种信息，来自剪报集。灵感也来自这里。我的记忆器就在这里，使我健忘的头脑，不至于太迟钝。于是，一篇篇文章写出来了，一幅幅画作绘出来了。

工欲善其事，必先利其器。剪报集是我的兵书，这几年我的战果都来自剪报的“厚积”，然后有“薄发”。我的爱国抗日文章，在于剪报集《抗战》的启发和指导。胡锦涛和习近平都强调，共产党和国民党共同抗日，才赢得抗战的胜利。所以，我就大胆写出《虹桥守军血染东街》和《用文字为英烈立碑》二篇文章，并且在《温州日报》登载。

关于美术评论周昌谷的二篇文章，也是来自剪报集《美术》和杭州信息。这二篇文章的发表，使我成为“周昌谷艺术研究会”的会员。

剪报集中《伟人集》汇聚了习近平所有最新讲话，使我能及时学习中央领导的路线、方针，保持了与中央的密切联系，写作、绘画都保持了“正能量”，不会走偏。

虽然我组织上没有加入中国共产党，但我严格要求自己，做一个纯粹的中国人。我十余年来记日记，几乎日日坚持，记事记情，留下我克己勤奋的脚迹。

金猴的战略

毛泽东有一句话说，在战略上要藐视敌人，在战术上要重视敌人。我在做写作绘画时，也是这样做的。写文章，要写重要文章，而且相信自己能写好。比如纪念抗日是大事，在去年是压倒一切的大事。我能写好这篇文章。我就大胆搜集所有素材、讲话、资料。暂停其他事情，全力以赴去采访、洽谈、组织、拟写。不顾自己的地位低、资格轻、水平不够等等。敢于去抓重大题材，敢于去写重要文章。

对美术工作也一样，我没有设计过石浮雕人像，特别是革命题材的英烈人物的设计，但我得到这方面的推荐时，就敢于接受，勇挑重担，而且相信自己能胜任，能做好。

坦白地说，我没有画过油画，甚至没有接触过亚麻油画布与丙烯画颜料。但我接受王十朋大幅油画肖像的订货时，我大胆地说，我能画好王十朋，但时间一定要充分。我不收一分预付款，我让客户看中意后再付制作费。

一个人不在战略上藐视“敌人”，做不成任何事情，我积累了几十年的美术技艺，有底心能学习做成任何美术方面的事情。“敌人”就是畏惧不前的心理，只要克服它，才能创新前进。

金猴的战术

我在做具体工作时，是非常认真仔细的，这叫战术上重视“敌人”。这就是事前的调查研究。没有调查就没有发言权。你把对方要求你做的设计、绘画，任务调整清楚，你才可以着手做这项工作。

我接手设计石浮雕人物任务时，还很缺乏这方面的专业知识。第一步是去看虹桥广场上的石浮雕人物，美术书籍中的天安门广场石浮雕，美术教材中的浮雕课程，又邀请浮雕、黄杨雕能手一起去接洽业务。在设计中，对头部、手部动作的设计，我又征求她的意见。我的人体素描知识不足，我搜集十几本抗日连环画作参考，又请老刘当模特，拍了数十幅，各样动作照片参照着，才将设计稿勾画出来。对头部，手部的表情、动态一改再改，精益求精。

画油画也一样，一幅王十朋画了一个月，请了许多画家来看画。老画家周朝银来看了五六次。还陪我到龙川去拍太祖油画作参考。他提出用色太黄，我就马上重新上粉红色的，还好，用丙烯作画可以复盖。一改再改，才画定新的王十朋和他的夫人贾氏的肖像。

为了做好我的写作、绘画工作，我配备二台苹果平板电脑，一大一小，大的画面大，小的容量多。我边用边学，基本上能拍摄照片、视频，查取历史资料，平时也可放放音乐、歌声，跟着明星们唱唱歌，欣赏越剧迷们的戏剧名段演唱。调节精神，乐观地创作与生活。

我爱绘画与写作，正从古稀顽童向金猴奋起转化。我有一枚闲章，曰“白石同行”，还未启用。齐白石雕过花，画过像。我也雕过花、画过像。根据《百年巨匠齐白石》记载，齐白石“到七十岁后，笔下的虾才臻至完善”，“到八十岁后，齐白石的虾才达到了炉火纯清的境地”。我的艺术水平，根本未达到齐白石“臻至完善”、“炉火纯清”的境界。但是，我会朝着这个美妙的境界前进，因为，金猴正在奋起。金猴在老师、长辈、朋友、亲人的支持下、关爱下，还会继续学习，继续勇往直前。生命不息，脚步不停。金猴的绘画与写作，必会结成更多的战果，无愧于“金猴”的自称。

无限的网络是美丽的玉宇，我“金猴”来也！

祖孙同学记

进入古稀年，孙辈已发展至7人。想当年，实行计划生育，只许独生子女。然而我的子女都认为，独生一个太孤单，于是三个子女皆“违法”生了二胎，各有了一儿一女。我也支持他们生二胎，虽然被罚点款，也乐意受罚。好在现在政策也放宽了，可以生二胎了。

孙辈最大的29岁，最幼也4岁了。我与他们共同成长，共同学习。我认为，我们长辈，不仅应该成为他们的朋友，也应该成为他们的同学。而且应该做个好朋友、好同学。故此，写就这篇《祖孙同学记》，记下祖孙同学的点滴故事。

学爷爷卖艺

我是卖艺出身的，画画谋生几乎一辈子。我的“街头卖艺记”登过报、上过网。我的画笔呀、颜料呀、画册呀、画书呀、画集呀，塞满了我的书房兼画室。至今年逾古稀，还是画呀写呀，没有个歇。所以孙辈中，小孙女金洁对画画也特感兴趣，从小就常在书房学画，拿笔画圈开始，学画花呀、云呀、鸟呀、人呀。慢慢的，也画得像模像样了。

金洁今年11岁，读五年级了。这个学期，她竟也学我在街头卖艺，在校园里“卖艺”了。她在八开的画纸上画了荷花等图画，受到同学们的喜爱。有的同学就提出购买她的作品，她就在校园里销售自己的画作，价格每张5到10元。一学期下来，她利用晚上、星期六、星期天画了很多画，卖给同班同学，也卖给别班同学。竟收入1000多元了。所以，现在她也没有再向妈妈要零花钱。自己赚的钱就够自己花的了。

学孙辈上网

我前二年看到儿子、媳妇、孙儿、孙女个个迷恋手机，就连吃饭也还看手机，就找了几篇文章，批评他们个个做“低头族”有哪些危害。我自己则还用着一个只能打电话的老式手机。由于今年我写作抗日、两岸和平等题材文章，需要查阅一些中央领导历来关于这些问题的重要讲话。我外孙就送我一台平板电脑，我自己也换了一部智能手机。但不会用电脑、智能手机，就让孙辈教我怎样用，怎样上网查询资料。比如十年前胡锦涛关于国共两党合作抗日的讲话，我就是在电脑里查到的。很多资料书店买不到书，但手机里就可以查到。

一次又一次的学习手机电脑，我从批评孙辈“低头族”到学习做“低头族”。我学会用手机学唱歌，从手机里学唱歌已经近十首左右。我还学会用手机拍摄自己的画作，用到投稿、制作画集。用手机拍摄肖像素材，用于创作肖像画。

用手机电脑上网，可以了解更多的信息，我孙女、外孙还有很多年轻人都成了我的电脑手机老师、顾问。

温州龙湾宁村抗战老兵潘庭槐，自办抗战展览馆，介绍温州两次抗日最大战斗——温州莲花心血战和乐清虹桥守军血染东街。我在电脑里，就看到潘庭槐站在《温州日报》报道《虹桥守军血染东街》放大资料前的照片。我是《虹桥守军血染东街》报道作者之一。后来，在9月间，潘庭槐老兵因此上了北京，受到中央电视台倪萍"等着我"节目专题访谈，被中央电视台报道。

现在，我基本上学会了上网查资料。但写作还是手写为主，还不能用电脑写作，需要继续学习。不过，我还是主张用手机、电脑要有节制；走路、吃饭、乘车、开会不要用手机。总之，对有益的知识、技艺、祖辈、儿辈、孙辈大家一起来共同学习吧！

东采西访

红灯耀万里 吉庆传万家

我出门，向东走，最喜走的是商城吉庆街。综合商城的吉庆街里，上挂着连连的红灯笼、中国结，下摆着满满的红地毯，红塑件，红红火火的氛围。走过这热烈激情、祥光四射的场所，使人精神为之一振。去访友，去办事，去散步，去购物，心情特别舒畅，十分喜乐。据色彩学介绍，红色是一种令人热烈的色彩。在大酒店里摆喜筵，宴会色彩总是以红色为主调的。

综合商城的吉庆街，长约百米。吉庆用品，四方来购。特大的红灯笼，直径达一米，金边金字金图案，整个灯笼用大红色弹力绒制成。里面可以点上电灯，夜晚挂上红灯笼，红光闪闪，光芒四射。一般红灯均有“福”字图案，还有“金玉满堂”、“恭喜发财”、“连年有余”、“招财进宝”等美术金字。上有挂竿，下有流丝。大红灯笼价150元一对，中小红灯笼，以大小论价，百元、几十元不等。也有小灯、几元一个。为之配套的，还有中国结，有编织成的，也有中间的福字，下向双鱼的。各式各样的挂件，都是以红色为主调的。由于鞭炮被限制燃放，也有挂件仿鞭炮，而且按开关后，可以发出鞭炮的噼啪声响，制造出热闹气氛，很环保安全。

综合商城吉庆街，紧贴着商城南路。没几步路就达到金银珠宝街——西横街。西横街南，有条迎灯巷。可以说，吉庆街的来历来自迎灯巷。因为解放前，西横街就有一户人家制作红灯笼的。过去的吉庆用品红灯笼，是红纸糊在竹丝上制成的。里面点的是蜡烛。解放前后，虹桥有春节挂彩灯，元宵节即正月十五通宵挂红灯的习俗。俗称正月十五为“灯节”，百姓纵乐放灯，叫“闹元宵”。而且灯笼还有很多花样。如茶蓝灯、狮子灯、鲤鱼灯、宫灯、走马灯（即一种能旋转的灯）。还有舞龙灯的大型灯会，称为“游龙”，俗话讲“划龙灯”。迎灯巷是条古老的巷，取名于巷口有一户制灯人家，现在这条巷还保留着。但纸糊的红灯，已逐步地被人淡忘了。

古老的红灯笼用红纸糊，经过半个世纪的变迁，已经被弹力绒的红灯所取代。红灯所寓意的红火吉庆正在实现中，人民的生活逐步改善，大部份人过上了小康生活。我们的生活也改变得越来越红火。

吉庆传万家，红灯耀万里。过去的一二家制灯店已经发展成商城里的吉庆街。十几个吉庆用品摊位，经营着红灯笼，红挂件，红地毯，红塑件等等吉庆实用品，生意做得越来越大。一年到头都源源不断，真是个生意兴隆通四海，财源茂盛达三江。有一次我乘车去大荆，一路上看到很多村落满村都悬挂着红灯。那些村文化中心里，都挂着大宫灯。还有那些酒店饭馆，农家乐，也都用红灯笼、红地毯扮美。今天经过绅纺火车站，前面大车道的两边，每个灯柱上都挂着红红的中国结，给每个出行的人送上平安的祝福。

我坐在9平米的小书房里写散文，房间虽然不大，但我对现在的生活很满足。能过上这样的小康生活，要知足常乐。

因为，我常与吉庆街为邻，心灵中有红灯笼常常照耀着，心中就充满了喜乐与和平。

虹桥松糕，越吃越高

几百年来，虹桥一带乡村过农历年前，家家都要做粿、起糕。做粿是做白米粿，每户都要做几担，做少点也做几斗。起糕是起松糕，每户都要起好几扇或十几扇。

起松糕，图吉利，图个新年更高的福、更高的寿，更高的财，寄托着老百姓对美好生活的企盼和追求。松糕的制作经虹桥人几百年传承，也的确是香甜可口，糯而不腻，既可作饭食，又成名糕点。因此，松糕在虹桥已从春节前后的家庭糕食，逐步发展，演变成一年四季皆为礼品的名优糕点。松糕的家庭制作也在二十年前走上市场化，在著名的虹桥栏杆桥旁，民意路口就有二家专业的松糕店。

“虹桥松糕老店”是姚双芬夫妻开的，已20余年了。“胖东糕店”是薛玉叶夫妻开的，也已19年了。

我在孩童时代，就很喜欢甜食。除夕夜吃刚蒸好的松糕，那种既甜又香又烫的感觉，到年老时都忘不了。我心目中存记的“过年”印象，就是正月初一就有新衣裳穿，有新鞋穿。还有就是正月里有松糕吃。有时，吃饭时蒸热吃，平时肚饿了，也可以随时到菜柜里拿几块松糕吃。小时候，松糕既是我的饭食，也是我的零食。我的零食还有炒米、糖条、番薯条、花生……但回忆起来，还是松糕最有味道。

虹桥是民歌“对鸟”的诞生地，什么事和物都有编出民歌、歌谣来。《送松糕》是这样唱的：

松糕松糕高又高，我请阿叔吃松糕。
松糕松，送舅公，松糕厚，送娘舅。
松糕暖，送阿婶，松糕熟，送外婆。
松糕甜，细囡吃了观音面。
松糕香，细儿吃了状元腔。

吃松糕呀，越吃越高。吃出乡情，吃出亲情，吃出人情，吃出爱情。还能吃出美容、美貌，吃出文采风流，诗情画意。

回忆小时候，家中有个糕甑，是圆木老司制作的甑松糕的炊具，用六块木板箍成，中间放一块六边形的铁皮，铁皮有很多孔，是用来甑松糕的。我家还有个麦磨，专门用来磨糯米粉、白米粉的。糯米粉掺上白米粉，加上红糖，还有核桃肉、咸肉、葡萄干、红瓜、芝麻、掺入米粉中。一层层放入糕甑里，铁镬中烧水，才把松糕一扇扇蒸出来。

现在的松糕店，制作松糕的工艺也是传统的，用的原料也是传统的，只是工具现代化了。土糕甑、麦磨已被碾粉机、水磨机、蒸汽机取代。松糕大中小都有纸盒包装，因为松糕已成为礼品商品。也可以速递成为赠品。有的家庭已把分糖果改为分松糕，因为糖果吃的人越来越少，喜事的礼品就将松糕推出来了。历来，虹桥人订婚，男方都要给女方送一担“六合样”；在大红锦漆的六合里，有猪肉、猪肝、鸡、黄鱼、花蚶，还有松糕。

《虹桥古韵》一书说，虹桥绿豆糕与白象香糕、大荆冬米糖曾是乐清名优糕点。时过境迁，虹桥绿豆糕逐渐被人淡忘，少见了。而虹桥松糕，经过几十年的变迁，已被虹桥人选为名优糕点。礼尚往来，少不了虹桥松糕来点缀。

松糕老店女老板姚双芬告诉我，20年来，她带出近十名学做松糕的徒弟，有大荆的、芙蓉的、翁垟的、白象的、柳市的、慎海的，甚至有临海的，回去开店后，生意都很兴隆。松糕是虹桥的名优美食。他们沾了虹桥的光，也红了！虹桥松糕已走向全市，走出乐清。

也愿虹桥松糕，生意兴隆通四海，财源茂盛达三江。使我们的生活更加甜甜蜜蜜，有滋有味，丰丰富富，有情有爱。

东海烤虾，香满神州

我的家住在虹桥镇商城西路，出门往东走就是菜市场。解放初，菜市场很小，是在老屋前道坦上摆摊。或是在栏杆桥上面腥气巷里买卖海货，鲜的、干的都有。对虾是东海特产。过去是晒干的，现在是烤干的。烤干的对虾，因为是天然海产，能补钙养生。随着整个经济的发展，海产品的丰富，菜市场的发展，烤虾生意越做越大。真个是“东海烤虾，香满神州”。

烤虾在虹桥菜市场里，已经形成烤虾街。在老屋姚春和大门前，有十几个烤虾摊位，摆成两行。北通民意路，南往菜市场综合商城东路。摊位上的烤虾，一片橘黄色，使人联想到秋收时的丰收景色。每个摊位都精心将烤虾排得很整齐，按大中小形态，一盘盘排好，像一个个橘黄色的图案。世界名画中有一幅《卖虾女》，我还没有找到这幅画。我想画中肯定有橘黄色的烤虾，映衬着卖虾女粉红色的笑脸，必定是很美的画面。

一般烤虾大5至10公分，是分等议价的。价高的每斤70多元，有的五六十元一斤。“东海烤虾”是温州、瑞安沿海繁养的对虾，经过烤箱加工的产品，味鲜肉嫩，富含钙、蛋白质等，又易保存。所以成为酒宴上必用的海味。也成为家庭餐桌上常食的菜肴。现在人送礼，也常用烤虾。

据一位已经营烤虾40年的摊主介绍，烤虾的生意现在越做越大。本地人购买带往外地，比如柯桥发货很多，还有发安徽、江苏、上海以至北京、深圳的。外地人购买也已占一半多了。外地人购买带回家乡去的也很多。现在快递很方便，烤虾干燥易包装。很多地方一天内就带到了。所以，很多外地人一来到虹桥，就爱上这东海才有的海味特产。虽然还有很多海产品如海蟹、海鱼等等，但只能就地尝味，不便寄带。只有对虾制成的烤虾，才能乘着物流销售全国各地，使远离海岸线的内陆同胞都能品尝到它的美味。

烤虾街的经营户多是本村本镇人。一家二代人都一起做烤虾生意，他们做生意都很诚信、客气。早上摆摊，晚上收摊，都很辛苦。

我在书屋里写这篇散文时，墙上正挂着齐白石画的大写意虾趣图。齐白石闻名中外，他的特色是画墨虾。虾这种动物受世人喜爱，有他老人家着力渲染的一份功劳。但他的虾只能看不能吃。现在全国各地同胞都尝到了“东海烤虾”的味鲜肉嫩。从虹桥菜市场烤虾街发货的烤虾，到了神州南北，各地同胞的餐桌上。在全国人民共度的小康生活里，餐桌上如果有东海烤虾，就也有一份虹桥菜市场烤虾街摊主们的辛劳。

谢谢你，虾街老板！

名家名宅，百年沧桑

2016年9月10日，我走访了虹桥镇倪宅倪震雷先生的大屋。这座百年大屋，住着名家倪震雷。父倪文西，母郑铸英，倪震雷，都是虹桥的著名教育家。倪震雷的家也是革命之家。而1916年建造的倪宅大屋，更是虹桥镇最著名的建筑名宅。名家名宅，理该受到尊重、尊荣，却经历了百年沧桑。

倪震雷的长子倪大明，是我中小学时的同学。他陪我看了大屋的中堂及前后左右道坦，炮楼、周边，介绍了这座大屋的历史变迁。我用电脑拍摄了上间板壁上的一些图片。他一家人的遭遇，真令人感慨不尽。

名　家

倪大明祖父倪文西（1884—1918），青年时在日本早稻田大学读经济学。回乡后，1905年，他21岁，与虹桥吴孟和、庄以临、朱汉宾等创办虹桥高等小学，助田70亩。还以沙河良田5亩建校（后来虹桥区小发展为虹桥中学）。倪文西还捐白银4万两投资沪杭甬铁路，成为该铁路董事。还担任过省议员，常为铁路事务、政务活动奔走于杭沪之间。

倪大明祖母郑铸英（1886—1950）。1919年，在张云雷、卢霞九创办虹桥女子学校时，即予资助并参与举办。先办在姚氏宗祠。失火后，小学迁至倪宅宅院，由郑铸英负责。

大约1916年，倪宅建屋，再迁瞿宅宗祠。民国16年（1927），女子学校由卢铸建新校舍，教师4人。民国17年（1928），称为乐清县立女子职业学校。民国23年（1934）仍举办初级班、职业班。后来成为虹桥镇小学（即现“文锦园”前身，虹桥小学）。

倪大明父倪震雷，号佩玉（1909—1997），1939年任虹川小学校长，1941年改名虹桥镇中心国民学校，他仍连任校长至1949年，历时十年之久。他爱校如家，爱生如子。1947年至1949年还亲自执教。他平易近人，热心教育，关爱师生。尤其抗日时期，学校经历艰难，他自己出钱承担学校费用。老师生活困难，他送钱送粮。最可敬的，他在解放前夕，白色恐怖笼罩下，支持革命。得知革命游击队需收听革命讯息，他将自己收音机送给“三五”支队。得知岭底抗日队伍缺粮，他开仓放粮，将几千斤粮食亲自护送到高桥，使游击队安全运粮到泽基。

倪震雷还支持进步教师参加革命，一生为教育，为革命做了不少有益的事。1946年，他还先后让地下党张雪梅、关少娴同志在他家治病；他还陪同地下党人员到温州购买严禁品收音机及大量药品、电池和文具；还营救过地下党人员。1948年，国民党杀害郑梅池，倪震雷处境很危险，避到上海才躲过一劫。

1949年5月11日，虹桥解放了。

5月12日，乐清县委书记兼县长叶龄银率机关工作人员、警卫队进驻虹桥镇，将机关设在倪震雷大院里，直到5月26日，县委县府迁往乐成镇。

倪震雷自1950年开始至1987年，备受政府和人民的尊重，出席浙江省第一届一次各界人民代表会议代表和乐清县第一、第二人民代表及乐清县政协，第一、二、三、四、五、六届委员。

倪震雷参加人民代表大会，政协会议的照片，挂在中堂的板壁上，还有其他的先辈事迹介绍。见证了倪震雷的家。是一个为虹桥镇教育作出重大贡献的教育世家，是一个为抗日、爱国、为革命、解放作了很多奉献的革命之家，不愧称为虹桥名镇的一位名家。

名 宅

虹桥人有句老话“佩玉屋，瑞成谷”。佩玉是倪震雷的奶名。在虹桥镇的房屋中，倪震雷的屋是最著名的房屋。这座“佩玉屋”是倪文西在1916年筹备建造，1918年后由其妻郑铸英继续建造完成的。该屋位于虹桥镇梅隆路9号。事实上，这里是后门，该屋的正门在西边。当时的大门台建得很宏伟，从仅存的照片就可以看出。大门包有厚铁皮，上有铜钉。整个门台比大门还高二倍，门台宽度也是大门的二倍。横额上书“种福庐”；上联为“秀挹龙门”；下联为“家邻雁荡”。大门台两边的墙也很高，一楼朝西两边开有二个窗口。大门外有大路，大路前还有水池，作为防火池。

倪宅大院西大门进入后，两边各有五间二楼。现在台门与两边十间二楼皆已被毁。这是该屋被虹丰集团占用后，大约1998年前后被毁的。

历经百年沧桑，倪宅大院的中心大屋，幸未被毁。但亦被伤损不堪，满目疮痍。

一百年之前，倪文西先生筹建此大屋时，依据“八卦”理念，宅子四角设计八八六十四根柱子，一楼一底，圆柱画栋雕梁，构建十分宏大。设计者是倪文西妻舅郑铸英长兄，朴头人，他是一名老中医。因此，用了中国传统文化风水理论。

我曾是一个雕花匠，所以对“佩玉屋”的雕花特别欣赏。佩玉屋的雕梁画栋，代表了虹桥地区雕花的最高水平。当时主持该屋雕花的是虹桥凰岙赵典耕，还有杏庄胡道尧三兄弟，东街徐宏山，上陶黄正荣，还请了县西老司。这些是我年轻时亲自听胡道尧老师对我讲过，这座屋的雕花雕了好几年。

“佩玉屋”的雕花，是在圆柱上部的横梁、斗拱之间。梁拱相交，雕的花窗图案丰富多样。有荷花、梅花、葵花、海棠、菊花、兰花等花样。有各种几何图形，如带状、四方、八角、六角、镜圆、椭圆、半圆、菱形、扇形、回云纹、如意纹等，还有寿鹤、鸟兽动物形象。我年轻时曾因农忙征农业税驻在这里，这里曾设虹桥区粮管所。我每日都可以欣赏这些雕花艺术品。记得还有圆雕人物立在斗拱之外，姿态威武，属于武将，约40公分长。“文化大革命”时被凿掉了，锯痕仍存。

“佩玉屋”的雕花，是虹桥雕花工匠的一次集体创作。距今一百年，仍彰显其精湛不朽的艺术魅力，展示了虹桥雕花工匠的精彩技艺。精彩的雕花与宏大的木建筑相配合，极大地提高了该屋的名望度。具有较高的科学、艺术和历史研究价值。

当时“佩玉屋”的建造，经历了多年。倪文西1916年筹建该屋时35岁，正当中年。谁知中年夭逝，宏愿未成。其妻郑铸英是个坚强的女性，1918年继承丈夫的遗愿，挑起了建造名宅的重担。因为1918年，倪震雷还年仅9岁，是个孩童。所以《虹桥古韵》一书记载，该屋由“倪震雷先生于1920年建造”是不符合实际的。郑铸英是“名家名宅”形成的一个重要人物。她继承了丈夫的遗愿，兴建名宅，又培育了当时年幼的倪震雷，使震雷成为优秀的倪家接班人。使倪家成为虹桥德高望重的一个家族。这在那个封建年代里，非常的不简单。值得我们敬重。她的肖像画，我发现也是我的初期作品，多么庄重的一位女性！

百年沧桑

自1916年倪文西筹建名宅，郑铸英1918年始建名宅，“佩玉屋”恰恰经历了百年的沧桑。

在这座名宅里，解放前，这个教育世家、革命之家在这里居住了30年。近解放时，“佩玉屋”实际上成为地下党交通站。

解放之后，1950年，倪震雷母郑铸英去世。这座名宅里的主人倪震雷一家，1952年，因军分区司令部机密需要，就搬出了这座名宅。名宅实质上成为公房已64个年头。

虹桥是1949年5月11日解放的。

5月12日，中共乐清县书记兼县长叶龄银，率机关工作人员及警卫队进驻虹桥镇，县机关就设在“佩玉屋”大院里。

县机关迁到乐成镇后，解放军第105师313团进驻虹桥镇，又将指挥部设在“佩玉屋”。

驻军撤走后，虹桥区粮管所建立。“佩玉屋”门口挂牌“区粮管所”。“区粮管所”的牌子撤后，“佩玉屋”又成为“虹丰集团”的用房。

倪震雷是人民代表、政协委员，身份为“开明士绅”，土改时就知道革命要分田地、分房屋。哪里知道当时土改，只分了他的田，没有没收他的屋。可能当时的土改工作队领导也知道他是革命人士，一家人是革命之家。没有分他的屋，也没有将他的名宅没收归公，划入公房。直到他逝世，这座名宅也还在他的名下。

倪震雷膝下八个子女，四男四女。解放前后陆续出生的。后来一家就都住在“佩玉屋”边上的老屋里长大。原来依靠倪震雷教书收入维持生活。现在除大姐倪国珠已去世，其他兄弟姐妹都健在。长子倪大明是我同学，诚实寡言，谦恭有礼。还有几个姐妹兄弟，我不大认识，估计都是老实人。他们兄弟姐妹及后辈子女都勤俭度日都以名家名宅为荣，常在名宅里团聚攀谈，回忆前辈的教诲。

现在，倪文西屋，俗称“佩玉屋”已列为乐清市文物保护单位。倪宅内的“炮楼”已列为浙江省文物保护单位。

名家名宅历经百年沧桑，正迎来它的美好结局。

笔墨庆中秋，书画最风流

中秋节到了，中秋是个中国很重要的传统节日。合家团聚呀，一家人举行酒宴呀，一家人吃月饼赏月呀，挨家挨户庆祝中秋节，都是这样欢喜度过的。

但是千年古镇虹桥镇的老街西横街上，有几位文人雅士却用笔墨来庆中秋佳节。

首先是老画家周朝银，虽是七十古稀了，却每日挥毫泼墨，作画抒情。他是西横街人，闻邻居开百年老药店的倪学奶装修中草药店，他就乘兴精心绘制一幅4尺宣纸《华陀图》。上有中国医圣华佗，风尘仆仆在深山采药。苍松翠翠，道路漫漫，华佗目视山野，四处寻觅，采百草以治百病。周朝银出身乡间工匠，热爱绘画艺术，去年乐清电视台曾拍过他勤奋作画的专题片。近年画作不断入选乐清市画展中。

画家作画，老中医倪学奶的挚友，陈友中老师闻讯，即作诗一首配画。诗曰："采药深山里，悬崖冒险登。病疾心所系，医圣万年灯。"陈友中是乐清著名作家、诗人。曾被评为全国教师优秀十大作家之一。曾出文集、诗集多本。他因老家住埭头深山里岩上厂自然村，倪学奶曾因采药经过他家，二人因而结成友谊。

一张画牵动了文人的灵感，他还拟了一幅对联。上联为

“虽无元化回生术”，下联为“但有岐黄济世心”。元化，华陀号也；岐黄乃黄帝内经之名矣！

呵，画意有了，已成一幅美丽的画图；诗情也有了，有了一首五言绝句，还加联对二句。诗画书，本是文坛三绝，那书家在何处？诗情画意加正书，那才绝矣！

画家、诗人已作画吟诗，大书家、微雕家陈耀宝也是倪学奶医生的挚友邻居，就欣然前来挥毫拨墨。陈耀宝是中国著名微雕大师。他曾用倪学奶头发刻上唐诗一首，还用针画上奔马八匹。他的很多微雕作品被中国不少博物馆、文物馆收藏。他1991年在温州文化宫举办过微雕展览，盛况空前。我曾去跑腿帮忙过。

这次书法作品，他在对联上联旁题“倪学奶仁兄雅正”；在下联旁则题“岁在丙申年桂月陈耀宝书”。按中国传统纪年，今年是“丙申年”八月称为“桂月”。但是《华陀图》上，陈大师则用了笔名“粟雁书”。陈耀宝的书法龙飞凤舞，富有特色，与周朝银的画相得益彰，互相辉映，挂在倪学奶店堂里，满堂生辉，雅致无限。

笔者也是西横街的老邻居，前个月刚写了一篇散文《漫步珠宝街》。介绍了虹桥镇西横街上，开了十六间金银珠宝店。赞叹了老街变富，满街金银珠宝，财源滚滚。今闻中秋时，四位邻居挚友，以笔墨庆中秋桂月，顿觉满街金银珠宝也比不上此诗书画珍贵了。诗书画医四友的珍贵情谊，是无价之宝。《华陀图》及对联更是艺术之珍品也。价值连城，价值连城也。

金猴火眼金睛，见此书画珍品，立马携电脑将书画摄下，收入怀中。以便时时欣赏，常常学习。笔墨庆中秋，书画最风流，最最风流！

不欺精神万代传（之一）

初探纪念王十朋进程记

南宋大贤王十朋就曾住在我们虹桥西北面山边，他的精神900年来一直影响着我们。去年，我这个好奇心强的古稀顽童，从查对王十朋《不欺诗》，开始了初探纪念王十朋的进程。

今年，又得着一个机遇，我受王十朋房族的委托，接受了绘制王十朋油画肖像的任务。为此任务，我决定到梅溪去拍摄一些有关王十朋像的资料。5月13日，清早，我到梅溪后，首先拍到街上柜窗里的王十朋着红袍肖像，这就是他房族《左原王族史料集》中的托我绘制的王十朋像。又到了梅溪草堂，王十朋立体浮雕风度翩翩，持书而立。再后，我到了王十朋纪念馆，一座五间重檐式仿古建筑，大厅正中有立体王十朋坐像，庄严而肃穆。他的服装简朴整洁，头载官帽，腰系官带，没有花饰。我和一位管理纪念馆的老人谈起王十朋坐像，说："状元公在京城的官袍肯定比回家穿得好。他回家探亲时，就穿得朴素了。王十朋公啊！真是一个清官！"老人点头称是。

接受了绘制王十朋画像的任务，要绘1米宽2米长规格的油画肖像，我必须精益求精，参照谱上资料还要比任何以前的王十朋画像画得更好些。方能对得起王氏房族的委托。我回家后，又查阅了有关王十朋的书籍，尽量寻到王十朋更多的画像来作参考。《爱国状元王十朋》一书是王文碎编的，内中一幅摄影也是王十朋纪念馆中堂拍到的。内中王十朋的服装是大红官袍，中有白鹤花饰，那是2002年王十朋诞辰890年摄的。

为什么变了服装，我探索了这个问题，初步了解到一些情况。

对纪念王十朋的重视，是从1988年开始的，这动力不仅来自王氏宗族多年来殷切的期盼，也来自国家开放改革的大好形势。1988年，王十朋全集重刊委员会成立。重刊委员会由王氏家族人员组成，也请了著名文化界人士为顾问。重刊委员会依据明正统本、清雍正本和四库全书本，统一对王十朋诗文著作，校正、编排，定名《王十朋全集》。《王十朋全集》由王晓泉主编，请国学大师南怀谨撰写前言。1996年10月正式定稿，1998年10月在上海古籍出版社出版。

《王十朋全集》的出版，是纪念王十朋890年诞辰的重头戏。是王十朋留给我们的宝贵遗产，承载着他的“不欺”精神。到2002年前夕，王十朋建在梅岙的坟也已修复。在“文化大革命”中，王十朋坟曾被破坏。同时，王氏家族就集大力建成了王十朋纪念馆。纪念馆建在王十朋故乡梅溪村，纪念馆中堂塑起了王十朋坐像，身着大红官袍。

由于2002年冬前，已做好了纪念王十朋的三件大事：出版了《王十朋全集》，修复了王十朋古坟，建成了“王十朋纪念馆”，终于迎来了王十朋890周年诞辰的隆重盛会。

盛会之后，王文碎主编了《爱国状元王十朋》一书。所以书中所摄的纪念馆中堂的王十朋，就是2002年时初塑的形象，身着大红袍。

2012年又迎来王十朋900周年诞辰，纪念活动更加隆重而盛大。市政府非常重视，各界反复研究，学人文士探讨。将王十朋定位为“南宋大贤”，制成新匾额，挂在王十朋坐像后面。还有，将王十朋服装改为较为朴素的官服，以表明他的清廉亲民。的确，这种改装也符合王十朋“与人不欺、与世不欺”的宗旨。当然，这种服装也反映了时代的特色、时代的光芒。2012年，正是习近平主政中国，反腐风暴的战鼓擂响之时。秉承中国文化传统的前贤着装，理该反映出他四任州官，忧国忧民、关注民生、扶贫济困的清官形象。不管当时是怎么改装的，但我现在这样看：既树为“南宋大贤”，就成为后世的楷模榜样。王十朋是艰苦朴素过来的，是不欺不负过来的，作为王十朋家乡的后代，我们也该学习点王十朋的精神——不欺不负、艰苦奋斗。当官不为民作主，不如回家卖红薯。

一个人着什么装并不重要，有什么精神才是最最重要的。荣华富贵一眨眼就过去了，好精神会与世长存。我画王十朋，最主要是尽量画准他的精神。

不欺精神传万代（之二）

王十朋肖像绘制记

2016年5月13日，我到梅溪王十朋纪念馆，不仅为收集王十朋肖像的有关资料，也为征求状元故里纪念馆对绘制王十朋肖像的意见。纪念馆管理的老人章瑞告诉我，王氏宗族对王十朋肖像有一个约定，以《左原王族史料集》中的王十朋肖像为标准像。我接受绘制王十朋肖像任务时，也已收到了这本《史料集》，也将以此为准，加以润色。但我的藏书中，也曾有过其他几幅王十朋肖像。

一、曾有过的王十朋肖像

1990年曾出版过一本《王十朋传》，王雪丽、王祝光著。首页王十朋像来自《王氏宗谱》（请宣统重修）系王章东供稿。该肖像系清朝民间画师所绘，王十朋着盘龙花饰官袍，坐虎饰座椅，用线用色比较粗放简朴。

该书封面上也有一幅王十朋肖像，系王思雨绘写。该肖像仅绘制王十朋面部形象，头戴官帽。王思雨曾是我初中时的美术教师，他是王十朋的后裔。

2002年11月出版的《爱国状元王十朋》系王文碎主编。首页王十朋肖像，由温州著名画家周悦林作画。肖像画戴官帽着红袍。图案简约，坐椅平常。

2012年11月出版的《王十朋故事与传说》，系林霞主编。书中出现的王十朋形象，是乐清著名画家周方德插图。周方德用的是钢笔线描，王十朋肖像在他笔下很有情意。

上述各书中的王十朋肖像都是各有特色的肖像作品。但还不足以作王十朋标准的肖像画。

2007年出版的的《左原王氏史料集》，王定光主编。其中的王十朋肖像，的确可作王十朋肖像标准像。这张画是王毅绘的，这幅王十朋肖像着红袍，白鹤花饰、坐蓝夹缬靠椅。我认为很有特色，蓝夹缬是我们乐清特有的织物，王十朋坐在这样的椅上是恰如其份。

二、对王十朋肖像的几点润色

我决定以王毅的王十朋肖像作为绘制的样板。但是，必须对几个地方进行润色，使王十朋的形象更符合“不欺”精神。

首先，将眼睛的原两个眼角上挑改为平服。两眼角上挑有似剑目，一般用于描绘武将眼神。

但王十朋是一介书生，状元，又是爱民亲民的父母官。所以他的眼神很平和。经我润色后，新王十朋肖像的眼神显得慈祥温柔，用关爱的目光注视芸芸众生。你在任何角度看画中的王十朋，他都在关注着你。

我把原肖像的鼻梁两边都加了点淡影，使原本不见鼻梁的鼻子有了立体感。因为油画肖像画大之后，较远的地方也要欣赏，如果没有立体感就不会有真实感。在这点上，我是吸收了点西方油画的光影画法。

嘴部我画成微笑，嘴角略顿，显示王十朋的坚毅和达观。

我将原胸部轮廓线淡化，向左右移开，使新肖像的胸部显得心胸宽大。手的原来长指甲去掉，因为王十朋不单单读书，而且还参加耕作劳动。王十朋纪念馆里，王十朋坐像的手没有长指甲，比较符合实际。

服装依据标准像，用了大红袍。毕竟肖像与塑像要求不一样。肖像是家族用来敬拜用的，塑像是公众用来纪念用的。所以，肖像服装要体现一个人的地位和成就。

王十朋的大红袍胸部花饰用了白鹤、海浪、红日图案，下摆花饰花草。他来自鸟语花香的乐清。还有他坐在披着乐清特色的蓝夹缬的座椅上，他心里装着国事天下事，却时刻不忘家乡的一切。

三、画界诸友是吾师

今年4月份，我就接了绘制王十朋肖像的任务。但因忙于其他设计及家中事务，拖到5月半才着手绘制王十朋油画肖像。还有一个原因，不瞒你说，我没有正式学过油画。我画像40余年。但画像是用碳精粉单色画的，近几年虽然用过彩色画肖像，那是水彩、国画色。几十年前的广告画，那是画在三夹板上，主要用的是油漆，画面简单，只用大片大片地涂。

绘油画肖像，对我真是一个新的挑战！好在我这个古稀顽童，肖猴还真有点猴性。我把购来的怎样画油画书细看了一番。又东寻西找到处求问。画界诸友皆我师，几位画油画的青年画家家里，画室，我细细看了几次，用什么原料、材料、工具，都记在心中。之后就到一间文具店购来画布、颜料、画笔。在家铺开二张乒乓桌，将画布裁好，就用我的“格子画法”动起手来。边画边看书，画画改改，5月底终于将王十朋肖像画好了。

在5月份首幅油画肖像绘制期间，画友、少年朋友周朝银对我帮助最大。半个月来，他到我家走了五六次，隔二三天来看我画，画不好就直说，我就马上修改。有一天专门陪我到龙川拍油画人物肖像画，对我学习油画肖像是关键的一步。因我的肖像画样板是工笔画作品，如果单用工笔画法，不可能画好王十朋肖像。

我自到龙川拍摄学习后，就兼用油画画法结合工笔画法，才将这张王十朋肖像画完成。虽然不能说是很完美的画作，但是对于一个草根画者来说，我自已认为是可以将此作品交出去了。我的肖像画，委托的人已看过，还有王十朋夫人的肖像接着要画，二张画完成后一起交货。

画好了王十朋肖像，我拍了照，印了几十份，征求各界人士教正。我也深切地感到，乐清的文化艺术中，人物画水平有待提高。乐清美术有周昌谷这样的人物画大师，名气很大。但实际上，红色文化、宗族文化、墙头文化、媒体文化中，人物画水平不敢恭维，急待提高。使乐清成为文化大市，乐清美术界有一份责任。我们应当担当起责任，拿起画笔，画美乐清，画美乐清人物，画美乐清人物画。这需要有王十朋的“不欺”精神，正视乐清美术界的不足，奋起努力。

“长发鱼妈”遇“金猴”

这位“长发鱼妈”发长2.54米，乌黑亮丽的长发，比她身高1.54还长出整整一米。有一天，她遇见了“金猴”，于是就有了这一篇故事。

乍看这个题目，还当是讲《西游记》里的什么神奇故典。可是，故事就发生在我们虹桥镇西街菜市场里。

“金猴”乃虹桥一介爱书报、爱剪报、爱采访、爱录像的老人。一天，他在《乐清湾城市周刊》上，看到“谁是乐清的长发女王”的问话，又见到《乐清第一“长发鱼妈”叶玉钗》的报道。知晓了一位乐清名人就在自己住处的近旁，菜市场里。于是，二次拜访“长发鱼妈”叶玉钗。第一次，拍了她的照片。第二次，将近晚上六点，鱼妈正在收拾鱼货，装入冰箱，“金猴”就拍了她辛勤劳动的情景视频。“长发鱼妈”收拾好鱼货，还得赶回蒲岐仓下村家里去。

“长发鱼妈”爱飘拂的长发，觉得一头长发是女人美丽的装饰，少女时就下决心蓄一头长发。她一直坚持20年，她对自己像瀑布一样的长发很珍惜。她一直经营鱼货，日夜辛勤劳动也不忘呵护自己的长发，清洗盘头已经熟练而迅速。有人曾出价10万元，购买她的长发，她一口拒绝。她说长发是她的宝贝，丈夫也很喜爱长发，为此二人结成良缘。

叶玉钗打算将长发一直养下去，就算今后剪掉，也会送给博物馆收藏。

“金猴”是个美术家，会画画，又会写作，也已是小小的乐清名人。他在拍视频时已经承诺，将“长发鱼妈”画到书上去，是真的。

今天，他已有了自己的金安南文学绘画网站，这是美术家兼作家的一本书，印在天上，印在“玉宇”上。他把爱美的“长发鱼妈”也画到天上的书里去。他的网站是描绘人间一切真善美，歌颂人间一切真善美的一本书。希望大家提供更多的真善美故事，让“金猴”连拍带画、带写，录到网站里，让大家欣赏阅读。这本天上的书不会破损，不会消失，它有永恒的价值，永存的意义。

古今中外美建筑 异彩纷呈落柏岩

2017年1月14日上午，我和画家周朝银、作家赵兆光，乘缪朋来的轿车，前往淡溪柏岩村采风。想不到这个淡溪四都山角落的小村里，竟深藏着古今中外美建筑，异彩纷呈地座落在此。我带着平板电脑，把这里的美景摄入镜头，与大家共同欣赏这柏岩美景。

古有“前新屋民居”

这座古色古香的古宅，我在八月金秋，桂花飘香时来过一次。在一幢幢洋气的别墅后面，我们见到了它。这是二百年前兴建的古宅，五间双退，朝南而建。大道坦南的车门，车门门口的匾额、门对，桃檐皆已破损，但上面的瓦当尚有部分未损。瓦当上的图案，上有福寿，下有才子佳人，非常精致。

进入车门门台，是一个大道坦。大道坦后的上间，比较宽敞。上间中央上掛一个大匾额。大字黑底金字“齿德并尊”。左书：道光甲申岁，钦命吏部右侍郎提督，浙江全省学政，杜锷口为。

右书：庠生缪际庚，父乡宾元魁，母徐氏立。这个大匾高约一米，长约三米。四个大字楷书端庄。左右小字也写楷书，清楚端正。这是当时朝庭命官省学政，对柏岩谬族兴办学校的庠生缪际庚的题赠表彰。表明缪家上七代祖先德高望重，重视教育，谬家是一个耕读门弟。

谬家古宅的建筑约建于二百年前。这个匾额的题赠时间为“道光甲申”年间，距今约180年。房屋肯定构建于题赠之前。这座二百年前的五间双退二轩木建筑，已经建构得如此精致，的确令人赞叹。

从台门和正屋、轩间的瓦当，就可以看到当时有很高的砖瓦制作工艺水平。这些瓦当分成二行。上一行的瓦当，中间是一个寿字，边上两个蝙蝠。下一行的瓦当，则是一出才子佳人戏的浮雕。才子中了状元，手中持官笏；佳人迎才子而出。片片瓦当皆雕得唯妙唯肖，形态很动人。我年轻时曾雕过木浮雕花板，这种才子佳人戏我也雕过很多。二百年前的瓦当能成批制成，当时制作木模的雕工水平是相当高的。

我在柏岩看到瓦当以才子佳人戏为题材，就联想到，状元王十朋就出在柏岩邻村梅溪。王状元的故事肯定是在四都家喻户晓的。瓦当上以此为题材，也证明了状元之乡的百姓，对耕读世风的向往和追求。

古宅的木雕体现在栋梁正间、上间相连的，梁拱上有狮子棒球的。狮子的形象栩栩如生，球被损毁了，用一块木头替着。老屋的大门上有很多花卉木浮雕，有石榴、菊花、梅花、芭蕉、牡丹等等。有一对门上方的花板里，雕着竹书和宝剑。这也表明了古宅的主人们虽然身居乡间，却心中常关切着文武之道，天下大事。

第二次来到柏岩缪家古宅，我们还看到了缪家深深珍藏的缪家“绵帐”，或可称它为“锦章”。缪族人在龙飞嘉庆七年时（1802年壬戌年），缪母金氏太孺人七旬大寿，缪族大摆寿宴，缪族的下辈子婿王时周、倪天澍、姚景案及孙婿二人，外甥二人，内侄二人，侄三人，外孙四人，外甥孙二人，内侄孙二人，侄孙二人同来拜寿，盛况空前。

在前来拜寿的亲戚中，有梅溪王十朋公的后裔，进士王琇琪。为了记载这一缪姓拜寿喜庆寿宴，进士出身的翰林院检讨加一级，丹崖女婿王琇琪执笔，撰文以记，写在宣纸上，裱在锦缎上。此荣寿序文颂赞缪夫人金氏产自名门，归于望族。笑言不苟，恪守妇道。遵守礼法，敬戒无违，为乡里所称羡。家庭和睦，子孙兴旺，善良有道，奋志云程，为家族的模范。因此书之锦以播诸亲族，传诸子孙而垂万世。

这篇锦文历经二百余年，保存良好。文笔流畅，用词高雅。全文用毛笔楷书写成，笔笔端正，字字珠矶，书法水平高超。是一篇真迹的进士散文，是一件不可多得的历史文物。也证明柏岩缪族与梅溪王族皆是四都的名门望族，世代联姻。

今建新文化礼堂

2013年，就在柏岩的大路旁，朝南建筑了一座宏伟的《柏岩文化礼堂》。形容它是一座小天安门城楼并不为过。大门前是两对雄壮的卧狮。三扇大门，皆用铜钉点缀，红漆为地。中间的大门比两边的大门更高大。上有匾额书《缪氏宗祠》。再上面有大红凸字《村民中心》。高大的城墙上，中有行书《文化礼堂》，两边主体红字曰“文化地标，精神家园”。在大红字标后，两层雕梁画栋的楼宇特有宫庭气派，计有五间，二层，飞檐高桃。东西两边往后延伸，也如宫宇式建筑。

这座建筑完全是继承了中国文化传统的建筑风格，承载着中华民族五千年来的文化积淀。

中造玲珑小水库

一讲到淡溪镇，谁都知道镇的上游有座很大的淡溪水库。水库是公社化时千军万马兴修水利的成果，水库的水不仅灌溉了大虹桥地区的农田，也供应了大虹桥地区的自来水。大旱季节里，在乐清市西区的农田，也供应了大虹桥地区的自来水。大旱季节里，在乐清市西区柳市、乐成等地缺水时，淡溪水库的水也支援了县西地区。

柏岩村坐落淡溪四都的尽西处，地势较高，淡溪水库的水难以布到柏岩去。就在公社化时，柏岩人也用二年多时间修了个柏岩水库，供应村里农田用水，也供应全村村民用水。水库曾被冲毁一次，后来又修造加固。这个小水库上面，无住户，无畜牧场，水源尤为纯净。六十年来，全村人都用这最清澈的山泉水。这个水库比起淡溪水库来，真是太小了。但是，它在柏岩人心目中，真是一颗小巧玲珑的珍珠，人人都珍惜它，全村人包括小孩，谁都不会在水库里游泳洗澡，让它保持水质洁净，以它源源不绝的山泉，滋养不断繁衍的缪族一代代人。

外仿欧式洋教堂

我拟出这篇文章的题目《古今中外美建筑异彩纷呈落柏岩》，征询一位淡溪镇工作人员的意见时。这位同志就说，你这篇文章写好，一定发给我，我将它载入《淡溪镇志》。因为柏岩的美给你写出来了。

柏岩人虽然身居深山冷岙，却对各式美观的建筑尤其热衷。柏岩不少人信仰基督教。在2010年他们聚会的旧教堂成为危房。经政府批准，他们建造了一座1580平方米的小教堂。他们建堂之前，特地请设计人员设计了一座仿欧洲风格的教堂，但与一般的哥特式尖塔教堂有所不同，如扇形展开，门窗甚至小庭院里的座椅都刻意仿欧式制作，洋气十足，令人耳目一新。

中华民族从来是心胸宽大的民族，对外来文化从不一味拒之门外。佛教是印度传入的，马克思列宁主义来自欧洲、俄国，基督教来自中东、欧美。文化多元化使我们的祖国更加丰富多彩。柏岩人可以说是中华民族的一个缩影。村里的古今中外美建筑异彩纷呈。从文化的角度来看，从历史的角度来看，从建筑艺术的角度来看，从生态环境的角度来看，柏岩的建筑，都是有永久的魅力，散发出无限的光芒。如果你拜访过梅溪的王十朋状元故里，也一定要来欣赏一下柏岩的古今中外美建筑。看到柏岩的异彩纷呈，你一定会感到真正的不虚此行。

乐画山水家乡情

——记油画家朱乐峰

2014年4月，中国美术界的盛事，“全国风景油画展——可见之诗”，在全国文化名城山东潍坊展出，为这座风筝之城，年画之城增添了缤纷色彩，诗情画意。潍坊是历史名人著名书画家郑板桥任职过，居住过的地方，以中国风筝之城闻名于世界，以杨家埠木版年画杨名于全国。美术盛事，油画大展，使游客纷至沓来，观众如潮。

我市油画家朱乐峰以家乡山水为题材的油画《山水之二》，获选参加了这次油画展。这次全国大展，浙江省（包括中国美院）仅二十人入选。他的画作与全国诸多名家一起参展，显示了他的油画水平更上了一层楼。这位从雁山乐水走出来的油画家，经过多年的“南游北学”，已从摹写自然至写意奇变，标志着他的艺术创作上了新的台阶。他一直乐此不疲地以家乡山水为题材，用画笔创作一系列风景油画，描绘雁山乐水，得到大展的肯定。

美术世家受熏陶

乐峰出生于雁荡山南的文化沃土——千年古镇温州乐清虹

桥。虹桥自古以来人文荟萃。如南宋四都左原的状元王十朋。近代有南阳吴鹭山，瑶岙朱镜宙。皆是虹桥生虹桥长的著名文人。

在这块有深厚文化底蕴的土地上，他父亲朱光也是文化修养深厚的一位画家，他一生从事美术教育，担任中小学美术教师，而且美术创作成果丰硕。所以乐峰从小就在美术世家中受熏陶。取名“乐峰”，他父亲意喻乐山乐水，亲近自然。

乐峰儿时，他父亲就刻意对他进行艺术启蒙。幼儿班时、小学时乐峰就在父亲指导下临摹小人书。他画《红灯记》《杜鹃花》《山乡巨变》里的人物，并把涂鸦的画作贴在床头、墙头，如有邻居、小朋友喜欢，就送画给他们。读书的余暇他全沉浸在艺术的沐浴之中。

一进入初中，乐峰就常为邻居画速写，村民们都成为他的模特。他越画越多，也越画越像。有一次乐峰在公路边为一位石匠画像。时近中午，天气变热，阳光直照，乐峰画了半个小时，已汗流浃背，仍坚持画完。恰被县文化馆的倪亚云先生看到，倪先生给乐峰以赞扬，使乐峰备感鼓舞。

乐峰青少年时期，虹桥的集市正是全盛时期。乐峰走进集市中速写众多人物，把那些补鞋的、买菜的人物动态都记录下来，打下了绘画的基本功，而且养成了不怯场，不畏缩、落笔大胆的硬功夫。他在高中毕业时的一张《老书记》素描，在县里美展时，就得到了美术界前辈的一致好评。青少年时期的美术基本功，为他日后从事绘画艺术奠定了扎实的基础。

绘画技艺的磨炼

凭着青少年时期的美术学习基础，使乐峰在担任电影宣传工作中如鱼得水。他在虹桥电影院创作广告海报的工作中，大量临摹名家的海报美术作品，掌握了人物画的各种动态，喜怒哀乐的表情描绘，各种背景的描绘，各种色彩的应用。电影海报画面较大，也使乐峰的绘画水平得到很大提高。这种学习，实践机会很多，使乐峰在水粉画、油画方面也积累了很多技法、技能。

画电影海报、看电影，在多年的电影院美工工作中，乐峰时时都沉浸在光影艺术的海洋里，在艺术创作中不断地磨练。1990年，华东六省一市电影海报创作征稿，乐峰创作的《杀人狂》海报画作，获得了入展二等奖。并在上海、南京、杭州等大城市巡回展出，收录在《中国电影大字典》中。1994年，乐峰创作的《恐怖地带》，入选浙江省第四届电影海报作品展，并获入围奖。

在电影院工作期间，乐峰也经常在人物画创作之外，练习山水画。雁荡是祖国的十大名山，中国画的大师黄宾虹、潘天寿、李可染、陆俨少、张大千、周昌谷都爱画雁荡。周昌谷更是雁荡人。所以这些大师爱雁荡、画雁荡也给乐峰很大的启迪，使乐峰不仅在人物画上有成就，也在山水画上有所成就。

南游北学求升华

2006年，乐峰为了实现自己在艺术上继续深造的梦想，毅然决然，放下手头所有的工作，南下广州美院，拿起画笔尽情涂鸦，浸染在艺术的殿堂。他在绘画中，深感自己的学识、技艺浅薄拙钝。

“路漫漫其修远兮，吾将上下而求索”。2008年，乐峰又选择北上，先后进入中央美院徐悲鸿画室、清华大学美术学院学习油画。

2008年至2009年，乐峰为了深入体验生活，重温少年写生梦。也受到乐清美术大师周昌谷深入藏区写生，创作出获国际金奖的《两个羊羔》事迹的激励，先后两次，只身一人，深入藏区甘孜、夏河等地写生、体验生活，吃在藏区、住在藏区。历时三个多月，为藏区牧民画像写生，速写了大量人物，还创作了油画《藏族女干部》《藏族少女》《高原阳光》等作品。2011年9月，乐峰考入中国人民大学油画研究生课程班深造。2012年4月，当乐峰将赴藏区的油画速写和创作，在中国人民大学艺术学院展厅展出时，著名油画家王宏剑、郑艺、徐唯新、林森、申伟、刘明才莅临并致词，朱兴国先生主持。《寻梦——南游北学》油画展30余幅油画，是乐峰的创作成果。著名媒体新浪、雅昌、《美术报》等均作了报道。

出生于名山雁荡南的游子，家乡雁荡的千嶂万壑始终牵挂在他的心胸。为了更好地画好风景，2012年乐峰追随北京画院风景大家白羽平导师，学习油画风景，好用手中的画笔，为家乡雁山乐水添彩，宣传美丽江南、美丽浙江、美丽家乡。

2012年9月，乐峰和画家妹妹乐群联合画展，《一画一世界》在杭州桐庐举办，同时也把家乡的美景带到了桐庐，受到了桐庐人民的热烈欢迎。

2013年，乐峰的油画《冬雪》入选浙江省首届“视域江南油画大展”。

2013年8月乐峰的油画《娥庄》《山水》《雁荡》刊登在《中国油画》双月刊。

2013年10月，在中国文化部直属单位恭王府举办“觅道七人风景油画展”，乐峰的风景油画16幅参展。在北京一艺术杂志上，北京画院油画创作部主任、中国美协理事、中国油画学会理事白羽平发表《乐山乐水》专文，刊述弟子朱乐峰风景油画艺术特色。一是“因动成势”，二是“大虚大实”，三是“以写入画”，四是“境由心生”。盛赞乐峰在艺术道路上的虔诚和追求。

在2014年4月，乐峰的油画《山水之二》参加全国风景油画展后。2014年9月，乐峰的油画《山水之象》又入选浙江省“人文九月”油画大展。

正值壮年的油画家朱乐峰，正在继续努力学习和创作人物油画和风景油画，不断地攀登油画艺术的高峰。

艰辛绞坝记

现在从温州乐清到虹桥，都是在国道线上乘汽车，交通很方便顺畅。但过去汽车少，从温州、乐清到虹桥，来往的人流，物资运输大部份靠水路河道。从温州到虹桥，先乘船从温州经瓯江到琯头，再从琯头坐河船到乐清。乐清坐船到虹桥，由于河道水位不一样高，还设了两道坝。一道是“老坝头”，另一道是“竹屿坝”。因为慎海的河道水位低于虹桥、乐成，所以船只从乐成开往虹桥，先经过“老坝头”的坝，再经过“竹屿坝”的坝，才能驶往虹桥。

什么叫“坝”？就是在水位不同的河道中间拦筑的一道坎。如果没有坝，乐成虹桥河里的水就会淹入慎海的河道。所以船从乐成驶虹桥，需经两次人工拉过坝，故此，写此《限辛绞坝记》，记述这个产生于乐清河道的独特的“陈年故典”。

先说说过去的河船。现在的青年人，很少见到河里有船了。见到的船，可能就是一只平板船，二人划来捞捞河面上的塑料袋之类垃圾的。还有一二只小船，撒下鱼网捕鱼的。只是三十多年前，北白象到虹桥的河道里，有很多大大小小的河船。小船有叫“单掌”的，中间还有个篷，一般都是送个客人。客坐篷里，船夫在船后划船。这种小船轻巧灵便，最常见于虹桥市集。还有“河泥溜”，“河泥船”，较大平底，赶集市，可载货较多。也可用于农民捻河泥。“梭船”、“舢板”是中等的船，人、货两用，宜于在河道中穿梭而行。大型的载人船是“快船”，有大篷，大篷两边还有窗户。后边用橹来摇，行进速度就较慢了。一到虹桥市日前后二天，河里的船就很多了。

乐成到虹桥的河道里有两道坝，船若过坝需要有人来拉。于是，坝上有了一班专门筑坝、绞坝、管坝的人。一位曾经参加过绞坝的老朋友，回忆了当年的绞坝经历，艰辛且劳苦，饱含人生的酸甜苦辣。

过坝，每只船都要过。尤其是虹桥三八市集的前后二三天，大大小小的船只，源源不断地驶向虹桥，又驶出虹桥。既搭着走虹桥市集的男男女女客商，又载着轻轻重重的货物。搭人的主要是“单掌”有篷的和大篷“快船”。载货的，都用“河泥溜”和“梭船”、“舢板”。

“单掌”小船的过坝费，解放初收费很低，每支船一角二角。梭船每支三角。快船等大型船每只五角。后来逐步增加收费，一直增到1—10一次。

曾参与竹屿坝绞坝的一位老朋友回忆，绞坝的工作是十分艰辛的。负责绞坝的几户人是轮流值班的。轮到班的上一天，先把坝泥预备好，坝泥要用软硬适度的隔泥。上班那天起早要把坝上的泥铺好，泥下是石板连接的。泥铺的均衡，船过坝时，才会顺滑。坝索是络麻编的。船从乐清方向来，要去虹桥的。我们要将坝索二条一头放在北边的二个坝筒上。另一头拴在船头的两边。我们绞坝工一组，船工一组。二组人各绞动一个坝筒，将船慢慢绞过坝来。碰着船只是轻载的，比如“单掌”，又只船夫一人，载客一人的。绞坝人推着坝筒掸一转，轻松就过了。船过了坝顶部，就自行下滑了。但遇到大船或重载的船，绞坝的人就须下大力气。每组二个人合力，鼓足大劲，脚步扎实，还叫起了号子：嗨嗬！出力！不管是烈日当头，还是寒风冽冽，绞坝工都使出浑身劲，步步不松劲，将坝筒掸转向前去，用坝索将船绞上坝顶，到船下滑，才能松一口气。

轮到值日，是24小时不能歇的，船不管什么时候到，随叫随绞。所以坝边搭了一个棚屋，一张床地大一点，只能铺一张床，睡二人；没有蚊帐，和着衣服合一眼，船一到就得起身绞坝拉船。6月被蚊子叮得满身疙瘩，冬天也得赤脚干活。风里来水里去，只希望轮到这一天多收点钱，二人好多分点辛苦钞票。

这个坝，很多年以前是筑坝的个人经营的，后来由他的亲属轮流经营，再后来打了“集体”，由生产队里的人轮班经营。随着国道线越来越好，汽车越来越多，人流、物流，都到陆地上流了。60多年前，国道线叫马路，是沙石做，又狭又小，汽车很少，车费贵，清江渡还没有大桥。后来沙石马路变水泥路了，又逐渐变宽了，汽车越来越多了，清江渡大桥二条了。终于，陆路逐步取代了水路。

在很多青年人看来，我写这篇《艰辛绞坝记》好像是写什么前清古事。船呀，坝呀，是什么呀？但我们这一代人，是乘过船，越过坝。风风雨雨，仍历历在目，忘不了啊！

诗词快板

美哉梅痴

倪生亚云，美术大师。百梅画展，名闻遐迩。
美哉梅痴，高寿九四。铁骨铮铮，鹤发银丝。
画梅益精，疏密有致。书法传神，凤舞龙驰。
晚辈拜访，不亦乐乎。诲人不倦，灼见真知。
六十年前，小学恩师。教我美术，启我慧智。
调任县馆，辅导艺术。书画摄影，无所不知。
名利不计，劳苦不辞。手教言教，心细肠慈。
群众画刊，连办多年。美术幼苗，栽培扶持。
展览墙画，亲力亲事。绘画书法，越益精致，
谆谆教导，人才辈出。乐清工艺，非遗入史。
木雕人活，剪纸若丝。花灯闪烁，龙档飞驰。
雁山乐水，艺果丰硕。先生心血，粒粒润之。
退休之后，诲人未止。老年大学，又留踪迹。
老当益壮，桃李满园。夕阳作画，晚霞吟诗。
古有孔子，三千弟子。中华文脉，源流不止。
今有梅痴，无数学子。扮美乐清，圆梦壮志。
由富而贵，以文化之。美上加美，学吾倪师。
德艺双馨，淡泊明志。凛凛高节，谦谦君子。
提携后进，善为人师。青出于蓝，最大乐事。
子孙绕膝，齐眉耄耋。一家读书，满族文士。
书香门第，高山仰止。美丽乐清，群贤毕至。

古稀顽童

古稀顽童，文艺情浓。书房练笔，画室打工。
雕过花板，绘过真容，新学国画，无师自通。
快板打油，文章跟风。草根作者，土气平庸。
八脚书法，无人认同。每日练练，权当气功。
顽童老婆，原本娇容。人过花甲，福相猫熊。
貌似国宝，憨态融融。笑在脸上，美在心中。
我在书房，挥洒笔墨。她在厨房，厨艺精通。
百样小吃，摆摆弄弄。天天翻新，滋味无穷。
孙辈儿辈，上学作工。俩老守家，充当门童。
有时出门，游乐活动。太平盛世，分享交通。
学学明星，常常歌咏。唱唱跳跳，其乐无穷。
多多付出，就是成功。活在爱中，天下大同。

学好歌

好书是我师，好报是我友。
好道我所学，好理我所究。
好图我所觅，好句我所求。
好笔描书画，好墨写春秋。
好曲奏不停，好诗吟未休。
好词不离心，好歌不离口。
好财发有道，好物不妄求。
好食不贪吃，好酒扣一扣。
好屋代代住，好路世世走。
好事常常做，好心刻刻有。
好家和为贵，好邻爱长留。
好朋胜亲人，好人乐无忧。
好水流潺潺，好山绿悠悠。
好心耀日月，好名存永久。

我们曾经相聚在梨园

回忆起四十年前，
我们曾经相聚在梨园。
那时，“文革”的硝烟刚刚散去，
家园将迎来改革的春天。

想那“文革”炮火中，
剧团的戏装被点燃。
传统文艺有何罪?
但愿恶梦不再来。

人们渴望百花盛开，
千年古镇上戏曲再演，
老将招新兵重振雄风，
虹桥越剧团旧帜再展。

我们是热爱文艺的少女，
我们是钟情戏剧的青年。
越调使我们陶醉，
琴声令我们留连。

老师来自遥远的越乡，
老师也就在我们的身边。
您教我们依呀学唱，
您带我们台步翩迁。

一句一段充满深情。
一招一式多么新鲜。
忘我的学习夜以继日，
欢声笑语充满了梨园。

我们终于登上了会堂的舞台，
穿上新戏装向乡亲展演。
我们的唱腔多么优美，
五彩的戏装分外鲜艳。

乡亲用掌声批准了我们的结业，
从此我们就和越剧结了情缘。
我们上山下乡到各地巡回，
把县东县西各地唱遍。

剧团还代表党和政府，
深入革命老区慰问前线。
走过长长的溪坑水步汀，
爬越高高的峻岭山巅。

永嘉老区人待情真好，

每一顿都对我们宾客相待；
临别时还分米粽麦饼，
这段经历回味分外甘甜。

日月如梭，光阴如箭，
当年的少男少女已进入中年。
敬爱的老师也白发苍苍，
对梨园的回忆仍旧绵绵。

我们演过生旦净末，
我们唱遍情理义节。
我们历尽喜怒哀乐，
我们亲尝欢聚离别。
多少位老将宝刀不老，
仍旧演唱在舞台上面。
“龙凤锁借红灯”大闹乐城，
全国越剧名票友荣誉闪闪。

多少位新兵仍爱越剧，
把生生旦旦纵情扮演。
百花越迷社网络传承，
打造大舞台把全国连接。

人生的道路难免曲折，
何况我们这班业余的演员。
我们曾经唱过演过哭过笑过，

越剧曾把你我深情相牵。

瓯江楠溪已留下你的倩影，
雁山乐水曾有你的声音回旋。
文化沃土已滴下你的汗水。
美丽古镇将登载这梨园的小传

古稀顽童爱上虹桥网

古稀顽童爱玩耍，文化花园瞎游逛。
几十年来涂鸦忙，临老爬格文坛傍。

报上占据豆腐块，杂志也有诗文藏。
唯独未识大网络，门外仍是电子盲。

二O一五得电脑，脑瓜终于开了光。
古稀方登太空船，顽童爱上虹桥网。

互联网，真浩荡，宇宙世界个中装。
天高地厚任吾游，万紫千红随我用。

虹桥网，不简单，十年乘风又破浪。
千年古镇你代言，文化名城你记往。

音乐文学栏目佳，爱乡爱国更爱党。
乐清县名全国奇，虹桥闻名有对鸟。

习大大文艺有讲话，彭麻麻歌声多琅琅。
中华文明五千年，音乐文学铸辉煌。

古稀顽童爱写作，廿篇文章上了网。
网民阅读心相通，鞭策激励似波浪。

抗日一文阅读者，超过万人记在网。
吾土吾乡爱国情，胜过东海潮水涌。

互联网啊虹桥网，大爱无疆心曲装。
此曲悠悠天际游，你我心中永激荡。

亲 人

原来，
我以为，
虹河是我的母亲，
白龙山是我的父亲。

后来，
我明白，
乐清湾是我的母亲，
雁荡山是我的父亲。

再后来，
我才明白，
太平洋是我的母亲，
珠穆郎玛峰是我的父亲。

站在珠穆郎玛峰上，
五大洲遍布我的亲人。

欢迎您来美丽乐清

欢迎您来美丽乐清，乐清美丽全国闻名。
一砖一瓦奉献给她，使她更美更有名声。
山美美在雁荡奇峰，水美美在东海之滨。
地美美在工业强市，人美美在改革尖兵。
龙湫大美如江倒立，二百落差变幻飞升。
举国瀑布堪称第一，名家欲写难抒豪情。
灵岩群峰雄奇无比，屏霞天柱展旗如林。
内藏卓笔小龙龙鼻，外立方洞金带观音。
灵峰美景夜以继日，夫妻合掌晚伴星星。
双笱犀牛朦胧望月，拂晓晨晞金鸡啼鸣。
南閤左原耕读门第，千年古县文化名城。
尚书章纶状元十朋，名士辈出人杰地灵。
书香乐清文脉传承，开放新潮涌现尖兵。
电器电子造就强市，改革硕果赢得先声。
民营企业遍布城乡，做大做强整合提升。
深化改革不甘落后，坚持创新四换三名。
全省第二未曾自满，产城联动转型求精。
快马加鞭赶超发展，当好温州排头精兵。

人人珍惜美好家园，街洁巷净山绿水清。
精心建造高端集聚，宜居宜业生态新城。
美丽雁山美丽乐水，美丽城镇美丽乡村。
美丽街道美丽企业，美丽乡风美丽人情。
欢迎您来美丽乐清，不论老乡还是新民。
勇于担当齐心协力，乐清更美四海扬名。

母亲虹河更美丽

儿时虹河多美丽，清澈碧水荡涟漪。
东方发白早晨起，挑担河水倒缸底。
瓷缸清水熬粥稀，铜壶烧茶山溪味。
粗茶淡饭桃源家，雁山虹水处处美。
虹河就在雁荡南，栏杆桥上铺赭石。
浙南名镇号虹桥，虹桥虹河两相依。
虹河长长石桥多，千年古镇桥景美。
孝顺桥上勾河螺，河深桥下捻河泥。
栏杆桥边爸划船，青石埠头妈洗衣。
蛔灰坦上姐晒谷，水墩柳下弟游戏。
晚归河船抛田歌，“对鸟”垟东唱到西。
秋收满船稻谷香，家家起糕捣白米。
文昌阁旁晚霞斜，虹河宛若游泳池。
浪里儿童互戏水，沐浴母亲爱河里。
机声隆隆烟雾起，污水横流脏遍地。
虹河逐年变乌龙，母亲被污儿心凄。
清澈水流咋变混？儿时乐园哪里觅？
绿水碧波我向往，美丽母亲我想你！

柳丝桃花憧憬中，河里沐浴最回味。
小桥流水图画在，石桥条条变水泥。
痛定思痛费思量，母亲母亲对不起！
我们致富奔小康，怎能忘了呵护您！
赤子之心今回顾，光顾功利岂忘义！
誓将美丽还母亲，万众治水人心齐。
昔日挑河凭人力，今朝治水有机器。
百日清污冲淤泥，初见成效去沉积。
两岸铺设排污管，污泥浊水不落地。
莫使清水再积垢，母亲虹河更美丽。

诗酒中华数千年

无数次喜气洋洋的幸福欢筵
品味着茅台国酒的流长源远
好似那长江黄河的激流回荡
我们中华儿女走过了数千年

叱咤风云的历代风流人物
改朝换代大戏都在盛宴中上演
孔夫子重儒教倡导忠孝礼乐
佳酿的醇厚雅香令英豪留连

李太白天才诗圣浪漫酒仙
捧金樽文人雅士兴会无前
举世赞唐诗是中华的瑰宝
雍容华贵的盛会总有极品珍献

百年前的巴拿马金奖来之不易
但在地大物博的神州也很自然
贵州青山绿水高粱小麦得天独厚

勤奋的茅台人精心配酿制酒花独艳
莫言的红高粱斩获了文学诺奖
文坛金曲奏响在茅台百年金奖之前
体育明星更连夺体坛金牌
中国梦花园的万卉是诗酒浇灌

在经济奇迹不断的祖国大地上
人们怎能忘了用大气的名酿干杯
在和谐祥瑞的连连佳节里
全球华人都记着用国酒纪念

无论是国宴家宴高端的盛宴
山珍海味总围拥着你的倩影
不管在京城都市还是乡镇小村
春夏秋冬都飘拂着你的香甜

我们用你的福祥来相互祝福
我们用你的华贵来彼此励勉
我们用你的醇厚来亲密联系
我们用你的细腻来上下体贴

在全家相聚的中秋节里
我们用你来祝全家团团圆圆
在拜访长辈的九月重阳日
我们用你来抒发孝敬感恩

在喜结连理的婚礼上
我们用你庆贺新人一生美美满满
在新生儿的满月宴上
我们用你祈祷人人都福寿绵绵

中国梦圆一代一代又一代
美酒香飘百年千年万万年
古诗名酿早把五大洲紧密相系
一路一带必将让和平鸽子飞遍

人度一生，收成几何

付出爱心，收获幸福。
付出奉献，收获美好。
付出知足，收获快乐。
付出努力，收获成功。
付出忍耐，收获平安。
付出诚实，收获信誉。
付出清心，收获宁静。
付出宽容，收获和睦。
付出谦卑，收获尊重。
付出节制，收获美名。
付出克已，收获荣耀。
付出慈悲，收获善果。

春满虹桥（歌词三篇）

春满虹桥

（调用邓丽君唱春满小城）

虹桥多可爱，温情似花开，
悠悠春风尽桃李，雨露尽关怀，
虹河水潺潺，老少笑口开，
古镇人人都勤奋，一代接一代。

虹桥故事多，充满忠与爱，
篇篇保家又卫国，英杰特别多，
常唱对鸟歌，立起正义碑，
小城尽颂真善美，这里已包括。

去的去，来的来，虹桥风貌永不改，
外面的世界虽美丽，虹桥更可爱。

写的写，说的说，虹桥故事真不错，
各地的朋友一起来，虹桥来做客。

乐清湾船歌

（调用郭颂唱乌苏里船歌）

乐清湾来长又长，蓝蓝的海水起波浪，
白云飘过雁荡山，金色的阳光照船帆，
海边渔村人儿笑，笑开了满山红茶花。

乐清人撒开了千张网，船儿满湾鱼满仓。
紧摇浆来掌稳舵，双手赢得丰收年。
共产党领上幸福路，人民的江山万万年。

雁荡的乐清湾

（调用张明敏唱外婆的澎湖湾）

晚风轻拂乐清湾，白浪逐海滩，
红树林边看夕阳，金光洒在海蓝蓝，
坐在门前的绿草上，向着雁荡望，
也是黄昏的沙滩上，有着脚印两对半。

那是外婆拄着杖，将我手轻挽，
踏着山影走向余辉，暖暖的乐清湾，
夫妻峰下笑语一串，留恋圆圆月光，
直到夜色吞没我俩，在回家的路上。

乐清湾，乐清湾，雁荡的乐清湾，
有我许多的童年幻想，
阳光、海滩、波浪、玩泥巴，
还有一位老船长。

后 记

我一生都在虹桥度过，大部分时间在雕花、绘画，在机关单位工作没几年。古稀年后，陆续写了些散文，都是真实的故事，发生在虹桥，发表在《温州日报》《乐清日报》《乐清文史》《虹桥文艺》虹桥门户网等纸媒、网媒上。因此将这些散文集中，分为七大部分：

一、家国情怀；二、改革足迹；三、画坛卖艺；四、梨园跑腿；五、家园纪实；六、东采西访；七、诗词快板。

因为我在写作方面是初出茅庐，所以请各位在阅读、品鉴之余，不吝赐教。

责任编辑：潘笑竹
装帧设计：浙江金瓯传媒有限公司
责任印制：李未圻

图书在版编目（CIP）数据

虹桥艺声 / 金安南编著. -- 北京 : 华龄出版社,
2017.7
（地域文化研究丛书 / 刘昕，鲍海春主编）
ISBN 978-7-5169-1029-0

Ⅰ. ①虹… Ⅱ. ①金… Ⅲ. ①中国文学－当代文学－作品综合集 Ⅳ. ①I217.2

中国版本图书馆CIP数据核字(2017)第180046号

书　　名：虹桥艺声
作　　者：金安南
出版发行：华龄出版社
印　　刷：北京兴湘印务有限公司
版　　次：2017年7月第1版　　2017年7月第1次印刷
开　　本：889×1194　1/32　　印　　张：9
字　　数：210千字
定　　价：48.00元

地　　址：北京西城区鼓楼西大街41号　　邮编：100009
电　　话：84044445（发行部）　　传真：84039173
网　　址：http:\\ www.hualingpress.com